結婚おめでとう，メッセージカードを書く手が震える。大学時代，新婦とは一番の親友だった。けれど恵には招待状が届いていない。たった六人しかいない同じグループの女子の中で，どうして私だけ線引きされたのか。呼ばれてもいない結婚式に出席しようとする恵の運命，そして新婦の真意とは（「届かない招待状」）。進学，就職，結婚，出産，女性はライフステージが変わることでつき合う相手も変わる。「あの子は私の友達？」心の裡にふと芽生えた嫉妬や違和感が積み重なり友情は不信感へと形を変えた。めんどうで愛すべき女の友情に潜む秘密が明かされたとき，驚くべき真相と人間の素顔が浮かび上がる傑作ミステリ短篇集全五篇。

今だけのあの子

芦沢　央

創元推理文庫

BEST FRIENDS FOR NOW

by

You Ashizawa

2014

目次

今だけのあの子

届かない招待状

結婚おめでとう、と書き込む指が小さく震えた。

「もう、恵ってば、ちゃんと書いてきてって言ったじゃん！」

玲奈が艶《つや》めいた唇を尖らせながら、レモンイエローのフレンチネイルの先でスナップ写真をつまみ上げる。「ごめん」と顔を上げかけた私を「いいから早く書いちゃってー」と遮り、手にしていたハサミを顔の前ですばやく振った。

私はうなずく流れで顔を伏せ、ペンを握る手に力を込める。〈彩音《あやね》、結婚おめでとう〉——その後に続ける言葉が、どうしても思い浮かばなかった。温かい家庭を築いてね。彩音なら絶対いい奥さんになると思う。これからも変わらず遊ぼうね。末永くお幸せに。定番の言い回しをなぞるように脳裏に並べていくのに、ペン先はカードの上でぐるぐると巡る。

こうしてお祝いのメッセージを書くのは初めてではない。むしろ、メッセージアルバム作りはサークルの同期だった女子の中で結婚する子が現れるたびに行われる定番のイベントだった。持ち回りのように誰かが提案し、その幹事役がアルバムを用意して事前にメッセージカードを配る。お祝いに参加するメンバーはメッセージを書き込んできたカードと写真を持参して式の直前に集まり、アルバムにコラージュしてマスキングテープやシールでデコレーションしていくのだ。

「この写真の彩音かわいい！」

「あ、亮太たちの代のメッセージも集めたんだ」

手際良く作業を続けながらもはしゃいだ声を上げる面々に、私はそっと目を向けた。アシンメトリーに盛られたアップスタイル、ペパーミントグリーンのパーティードレス、隙なく縁取られたアイライン、繊細なラメが乱反射を繰り返す白い肌――ひと目で何のための集まりかがわかる華やかな彩りがちらちらと眩《まぶ》しい。

自分もまた周りからは同じように見えているのだろうと思うと、大柄な赤いギンガムチェックに埋め尽くされた店内が居心地の悪い空間に感じられた。一番奥の八人用のテーブルに五人で陣取り、申し訳程度に頼んだ飲み物に口もつけずに作業を続ける私たちを、黒いシンプルなショートエプロンを腰に巻いた店員が不愉快そうににらみつけている。

視線を合わせないようにうつむくと、ブレスレットを兼ねたゴールドの腕時計が手首でシャラリと鳴った。十時三十八分。あと一時間二十二分――十二時になれば、魔法がとけ、現実が姿を現す。シンデレラの美しく着飾ったドレスが、時計の針が十二を指した途端に粗末な服に変わるように。

厚紙にハサミが入れられる鈍い音が断続的に響いている。人物の部分だけが切り抜かれ、剝《む》かれたリンゴの皮のように用をなさない欠片《かけら》となった写真の背景を見るともなく眺めた。

大学時代は写真サークルの一員として、被写体だけではなく背景を含めた構図を考えて写真を撮ってきたということがふいに思い出されて不思議になる。だが、それを今言葉にする気にはなれなかった。みんなは何の躊躇《ためら》いもなく、ただ彩音を喜ばせたいという思いでハサミを動かし続けているのだ。

私は、ビニールコーティングされたメニューの皺《しわ》に爪を立てる。どうして私はこんなところにいるのだろう。私はこれから何をしようとしているのだろう。クローゼットからクリーニングの札がついたままのパーティードレスを引っ張り出し、美容院に行って髪まで整えてきた自分が、ひどく滑稽《こっけい》に思えた。

——だって、私は、彩音から招待状をもらっていない。

自分が呼ばれてもいない式に出て、しようとしていることを考えるだけで、内臓が下に引っ張られるように重くなった。

＊

〈再来週の日曜日はついに彩音の結婚式だね！　十時半に松本駅前のメルシーで待ち合わせでいいかな？　メッセージカードを送ったから書いてきてね。他にも誰か式に出る子知ってる？〉

玲奈からそのメールを受け取ったのは、先々週の金曜日の二十二時半、職場の飲み会の帰り道だった。

再来週の日曜日、彩音、結婚式——小さな画面の中で揺れる文字に、酔いが急激に覚めていくのを感じた。それでも、意味を理解するまでには数秒かかる。無意識が状況の把握を拒んでいるように頭がうまく働かなかった。

——どういうこと？

初めにしたのは、強張《こわば》った親指を動かして送信先を確かめることだった。

西川萌香《もえか》、島本友里子《ゆりこ》、飯島恭子、川崎恵。

そこに並んだ名前に息が詰まる。招待客を決める際、彩音が最初に名前を書き出すだろう予想通りのメンバーだった。玲奈と恭子はまだ独身だけれど、私のときも、萌香のときも友里子のときも、同じメンツが顔を合わせてきた。だからこそ玲奈もまず私たちにメールを送ったのだろう。まさかその中に招待されていない子がいるなんて、少しも考えずに。

運転代行業者の禿《は》げ上がった後頭部が暗い視界の中でぐらりと揺れる。初任給でローンを組んで購入し、二年かけてピンク色のカーアクセサリーを揃えてきた車内に息苦しさを覚えた。車窓へと顔を向けると、鬱蒼《うっそう》とした茂みだけを淡々と映す窓の中心が滲《にじ》むように白く曇る。

——引っ越し前の住所に送ってしまったのかもしれない。

窓ガラスに額を押しつけ、細く息を吐いた。

そうだ。今年の年賀状は、まだ結婚する前の住所から出したのだった。それを元に住所録を作成してしまったとしたら？

だが考えるそばから、もしそうだとしてもとっくに転送されているはずだ、という考えが脳裏に浮かび上がる。郵便事故？——ありえない。招待状を送ったのに返事がなければ、普通はメールや電話で確認するはずだ。第一、いきなり招待状を送りつけたりするだろうか？

いついつにどこどこで結婚式をすることにしました。何々ちゃんにはぜひ式に参加してもらいたいと思っています。招待状を送りたいから、念のため住所とフルネームを漢字で教えてもらえますか？——先にそうメールをするのがスタンダードな気がする。それこそ知らない間に引っ越しをしていないとも限らない。名前の表記が間違っていれば失礼にあたる。招待状を送る前に確認しておけばそういったミスが防げるし、何よりその段階で参加人数が大体読める。萌香だって友里子だってそうしていたし、私だって——

その瞬間、手の中から鈍い振動が伝わってきた。びくりと肩を揺らし、視線を落とす。微かな痺《しび》れが止まったところで、続けざまにもう一度携帯が震えた。

指紋が点々とついた画面の上に指を押しつける。

〈玲ちゃん、取りまとめありがとう！　そろそろ始めないと間に合わないかもって思ってたところだったの。シールとかも持っていくね！〉

〈やばい、もうそんな時期だっけ！　ごめん、うっかりしてたわ。助かります！　十時半にメルシーね。了解です〉

恭子と萌香の文面からは何の驚きも戸惑いも感じられない。二人はちゃんと彩音から招待されているんだと思うと、口の中の苦みが強くなった。

——友里子はどうなんだろう。

携帯を握りしめた途端、青白い画面からふっと光が消え、けれどまたすぐに光が灯る。差出人の欄に表示された島本友里子という文字に心臓が大きく跳ねた。〈オッケー！　じゃあ、一個下と二個下の代のメッセージは集めときます。手書きは時間的に厳しいだろうし、メールで集めてこっちでプリントするんでいいよね？〉

いつの間にか渇ききっていた喉が、飲み込むべき唾《つば》もないのにごくりと上下する。

——どうして、私だけ。

呼びたい人を全員呼ぶわけにはいかないことくらい、私にもわかる。席数にも限りがあるし、新郎側の招待客数とのバランスも考えなければならない。泣く泣く声をかけるのをあきらめなければならないこともあるはずだ。

だけど、どうしてそれが私なのか。

半年前、私は自分の結婚式で彩音に友人代表としてのスピーチを頼んだ。私にとって一番仲がいい友人と言えば彩音だったからだ。だからと言って、彩音の結婚式でも自分が友人代表としてスピーチを頼まれるものと思っていたわけではない。けれどそれでも、まさか呼ばれることすらないなんて思いもしなかった。

どうして、ともう一度考えてしまう。同じサークル、同じ学年、同じ女子——たった六人しかいないグループの中で、なぜ彩音はさらに選別したりしたのか。

もしこれが恭子や玲奈なら、先に招待してくれた人を優先した、という言い訳ができるかもしれない。もしこれが友里子なら、岡山から長野まで出てくるのは大変だろうから、という理由が成り立つかもしれない。

だけど私には、呼ばれない理由は何もないのだ。たとえ建前に過ぎないようなものであっても、何か理由があればまだ気持ちを納得させることができたかもしれないのに――

そこまで考えた途端、鼻の奥がツンと痛み、慌てて下唇を嚙みしめる。

実のところ、再来週の日曜日には既に予定が入ってしまっていた。その翌日の五月二十一日の早朝は百何十年かぶりに日本で金環日食が見られるタイミングらしく、夫の拓磨がわざわざ有給を取ってまで軌道的に見やすい場所であるという東京のホテルを押さえてきたのだ。天体ショーに興味があるなんて初耳だったし、夫が自分からイベントを企画するなんて珍しいから驚いたけれど、もちろん嬉しくもあった。だから、どうせ招待されていても行けなかったかもしれない。

だが、そう自分に言い聞かせる間もなく、そんなわけがない、という思いが喉につかえる。もし彩音から招待されていたら、たとえもうホテルや特急券の手配が終わってしまっていたとしても、それをキャンセルして結婚式に出席させてもらえるように拓磨に頼んだだろう。

私は焦点の合わない目を何度もまばたかせながら、メールを打ち込んでいく。

〈うそ、彩音、結婚するの？　知らなかった！〉

〈ごめん、当日は用があって行けないの。すごい残念……。私の分までお祝いしてきて〉

下書きフォルダに保存した二つの文面を順番に見直し、二つとも消去した。

重く感じるまつげをゆっくりと持ち上げる。窓ガラスの中の虚《うつ》ろな表情をした女と目が合った。いつの間に国道を抜けたのか、飛び飛びに並んでいた街灯がさらに減り、車内の光景を映し返す輪郭が濃くなっている。

——何か、私だけは結婚式に呼びたくないと思うようなことをしてしまったんだろうか。

すがりつくように記憶を探り、やがて小さく息を呑んだ。網にかかったのは、三カ月前、私の結婚式が終わってしばらくした頃に彩音と交わした会話だった。

「ねえ、恵は身内が犯罪者だったとしたらどうする？」

たしか、当時ヒットしていた加害者家族の苦悩を扱った映画の感想から派生した話題だったように思う。

「んー、犯罪の種類にもよるかなあ」

「業務上過失致死。わざとじゃないけど車で子どもを撥《は》ねて殺しちゃった、とか」

その言葉に微妙な違和感を覚えた。件《くだん》の映画はまさに車で子どもを轢《ひ》いてしまった男の話だったが、話の焦点の一つが、車の運転による人身事故が業務上過失致死傷罪ではなく新しく施行された自動車運転過失致死傷罪によって裁かれている点にあったからだ。映画を観て話題にしたにしては言葉の厳密性に欠けるのが気になった。

けれど私は、まず問いへの答えを口にした。

「まあ、本人にとってもすごくつらいことだと思うから責められないよね。それで縁を切ろうとは思わないけど、たとえば自分に子どもができたとしたらその子には言えないかも」

「それは、旦那さんが加害者になった場合？」

「うん、経緯がどうであれ、やっぱり親が人を死なせてしまったって事実は正直かなりショックだと思うから」

そこまで言ったところで、彩音の表情が強張っているのに気づいた。

「身内って言っても、義理の両親とか、血がつながってないならそんなに神経質に考えることはないのかもしれないけど」

咄嗟《とっさ》にそうつけ足したのは、もしかしたら彩音の家族には実際にそうした罪を犯してしまった人がいるのかもしれないと思い至ったからだ。映画では父親が罪を犯していたから、何となく彩音が小学生の頃に母親が再婚してできたという義父のことが思い浮かんでいた。

フォローのつもりだった。自分が不用意にしてしまった発言をどうすればなかったことにできるのかがわからなくて、私は焦っていた。大丈夫だよ、血はつながっていないんでしょう？だったら気にすることなんてない。慌てて言い添えてしまってから、ハッとして口をつぐむ。

まだ彩音の家族が罪を犯したと決まったわけじゃない。――それに、義父のことじゃない可能性だって充分あるのだ。

車を運転するのは父親とは限らない。母親かもしれないし、兄弟かもしれない。自分の拙《つたな》いフォローが、より彩音を追い詰めてしまったとしたら――

けれど彩音はゆっくりと時間をかけて微笑《ほほえ》んだ。

「そうだよね。ありがとう」

ありがとう——彩音が口にした言葉にぎくりとする。この流れでお礼を言うということは、本当に彩音の身内にはかつて業務上過失致死傷罪に問われた人がいるのかもしれない。

謝らなければ、と思った。だが、返す言葉を見つけられずにいるうちに彩音が話題を変える。

私は結局、そのまま話を戻すことができなかった。

〈先輩たちも何人か式に行くみたい。まとめといてもらって当日集めてもいいかも〉

新しく届いたメールを私は呆然と見下ろした。車がS字カーブを曲がるのに合わせて、身体が大きく左右に揺さぶられる。

——先輩たちも何人か式に行くということは、席が足りないわけでもないのだ。

こらえきれずに、私はきつく目をつむった。

＊

私が彩音と出会ったのは、大学一年生のとき、サークルの新入生歓迎会の席だった。

写真サークルに入ることにしたのは、同じ学科の友人である萌香に誘われたからだ。ここはね、いろんな機材を貸してくれたりテクニックを教えてくれたりするみたいなの。写真ってかっこいいし、オシャレだし、何かよくない？　あたし、大学入ったら写真やろうって決めてたんだよね。そう熱弁をふるう萌香に押しきられる形でひとまず新入生歓迎会に参加してみることにしたのだ。

いざ参加してみると、大学のサークルというものに対して漠然と抱いていたイメージよりもずっと真面目なサークルであるようだった。強制的に飲ませるようなことはなく、新入生そっちのけで次の撮影会の企画や展示会のテーマを話し合い始めてしまうようなところに、むしろ好感を持った。

中でも私の隣に座った垢抜けた印象の女の人は、カメラにとても詳しかった。最初に持つにはどの機種がいいか。シチュエーションごとにおすすめのレンズは何か。彼女の話題は専門知識ばかりなのに、そこにはひけらかすような嫌味な色は微塵《みじん》もなく、ただひたすら写真が好きなのだという思いだけが伝わってくる。話していく中で彼女の出身地が私の生まれ故郷であると知ったこともあり、人見知りをしがちな私にしては珍しくすぐに心を開いた。

やがて彼女がどんな写真を撮っているのかが気になってきて見せてほしいとせがんだら、彼女ははにかみながらも鞄の中からデジタル一眼レフを取り出した。

泣きべそをかく子どものアップ、ビールのジョッキから口を離す瞬間の中年男性の横顔、針と糸を操る、皺が深く刻まれた華奢《きゃしゃ》な手。人物写真が好きなのだと言うだけあって人間を被写体にしたものが多く、そのどれもが撮影者の人柄を表しているように思えた。

——私もこんな写真を撮れるようになりたい。

それまでは少し興味がある程度だったけれど、このとき初めて本当に写真への熱意を抱いた。

「さっき説明会で言われた会費以外には、どのくらいのお金がかかるんですか？」

私はまず、そんなことを尋ねた。母子家庭で育ち、大学にも奨学金で入学した私にとっては切実な問題だったのだ。

だが、彼女は小さく首を傾げて「大丈夫じゃないかなあ」とだけ答えた。

「でも、カメラって高いんですよね？」

「わたしのでよかったら貸すよ」

「飲み会とかも……今日のこの会だって、私たちがタダってことは、先輩たちはたくさん払ってるんじゃないですか？」

「んーどうかなあ」

煮えきらない彼女に焦《じ》れて、私は詰め寄った。

「ここだけの話、今日先輩たちはいくら払ってるんですか？」

そこで初めて、彼女は怪訝《けげん》そうに目をしばたたかせた。

「え？　わたしも一年生なんだけど」

それが、彩音だった。

＊

「あれ、誰かの携帯鳴ってない？」

友里子が小動物を思わせるつぶらな瞳できょろきょろと周囲を見回した。聞こえなかったふりをしてメッセージカードの末尾に名前を書き入れていると、「恵」と声をかけられる。

「恵のじゃない？」

友里子はスパンコールがちりばめられた私のパーティーバッグを指さしていた。

「え、あ、ほんとだ」

意識的に慌てた声を出してバッグを拾い上げ、中から携帯を取り出す。〈川崎拓磨〉——ディスプレイで点滅する夫の名前に、指先が宙を泳いだ。

「ちょっとごめん」

短く言って、携帯を手にしたまま席を立つ。「ごゆっくりー」友里子ののんびりした声を背に受けながら店を出て、画面を二回すばやくタップした。応答保留にするや通話も切った携帯を耳に数秒間当てるしぐさをしてから離す。着信履歴画面には、拓磨の名前が玲奈と萌香を挟む形で飛び飛びに並んでいた。

三回——違う、萌香の前に連続して二回かかってきていたから、全部で五回だ。

私は頬が引きつっていくのを感じる。

普段、拓磨は滅多に電話などかけてこない。〈ごめん、今日ちょっと飲んでいくことになった〉〈クリーニングの受け取り頼む。紙はサイドテーブルの上〉〈了解〉そんなふうにいつもメールで用件だけを送ってくる拓磨が五回も電話をかけてくるのだから、よほど慌てているのだろう。けれどそれは、旅行に行く予定があるのに姿が見えないからでは、きっとないのだ。

私は高ぶりそうになる感情を何とか落ち着けてから、中央に〈メルシー〉とカタカナで書かれたガラスのドアを押して店内に戻った。「いらっしゃいませー」と気だるげな声をかけてきた店員に軽く会釈を返し、席へと歩を進める。

「おかえりー、大丈夫だった？」

「うん、旦那から」

友里子に短く答えながら腰を下ろした途端、玲奈が突然勢いよく顔を上げてテーブルを両手で叩いた。

「これで過半数既婚者じゃん！」

「おっと、どうしたいきなり」

萌香が上体を引いて目を丸くする。玲奈は「あー」と嘆きながらテーブルに突っ伏した。

「私も早く結婚したいー」

「玲ちゃん変わってないねえ、その唐突な感じ」

「結婚なんかしてもいいことないって」

恭子がしみじみと目を細め、友里子が冗談めかした口調で言う。

「え、どうしたの？　喧嘩でもした？」

萌香がすかさず身を乗り出すと、友里子はため息交じりに夫の愚痴《ぐち》を話し始めた。その声が、くぐもって遠くなる。

——拓磨も、結婚なんかしてもいいことないと思っているんだろうか。

メッセージアルバムに視線を落とすと、カメラを構えている彩音の笑顔の写真が目に飛び込んできた。写真館に就職し、カメラマンとして働いている彩音。本人は観光客向けにアンティークドレスを貸し出して撮るという仕事内容に不満を覚えているようだけれど、きちんと写真で食べているということに変わりはない。写真を趣味で終わらせずカメラマンという仕事につなげたのは先輩や後輩を含めたサークルのメンバーの中でも彩音だけだ。

私は、テーブルの上に山盛りになった写真の切れ端を見下ろす。ふいに、自分が地元のレストランチェーンで店長とは名ばかりの契約社員をしていることを突きつけられたような気がして、苦い唾液が口の中で膨らんだ。

『恵、今どこにいる』

四回前の電話で聞いた、拓磨の低く押し殺した声が脳裏に蘇る。

『結婚式――彩音の』

そう続けた瞬間、拓磨が息を吸い込む微かな音が耳朶《じだ》を打った。

あの音が引き金だったのだと、今にして思う。式場まで足を運ぶことを私に決意させた、最後のひと押しだったのだと。

どうして彩音の名前に動揺するの。そう、喉の奥までこみ上げた言葉を吐き出してしまう前に、私は慌てて電話を切った。

拓磨はすぐにかけ直してきた。だが、出られるはずなどなかった。今話をしたら取り返しのつかないことを言ってしまうという確信があった。

「ちょっとー、これから結婚式に出ようってときに不吉な話しないでよー」

恭子が爪の先でテーブルを叩き、口を尖らせる。その衝撃で弾けるように、べたついた空気が振り払われ、賑やかな笑いが満ちた。

私もつられて笑ったが、自分が書いたメッセージカードが目に入った瞬間、ぎくりと固まる。

〈結婚おめでとう！ 彩音みたいな素敵な奥さんを捕まえた旦那さんは幸せ者だね！ 新居には絶対遊びに行くからねー！ 末永くお幸せに〉

みんなの書いたメッセージを継《つ》ぎ接《は》ぎしただけの、虚ろな言葉たち。

彩音は、この文面をどんな思いで読むのだろう。

左手で握りしめたままの携帯が小さく唸《うな》る音を立てた。短く、長く、短く。今度はメールだ。けれど、開いて確かめる気には到底なれない。

今度は友里子も気づかなかったのか、指摘されることはなかった。

＊

浮気をされるのと、浮気を疑って携帯を盗み見られるのとでは、どちらがより許せないか。

いつだったか、拓磨とそんな話をしたことがある。

『そんなの、どっちも嫌に決まってる』

想像しただけで嫌な気分になったのか、拓磨は感情をめったに表さない顔を微かにしかめた。

それでも、どっちの方がより嫌かって話だって、と重ねると、渋々ながら思案し始める。

その問いに深い意味があったわけではない。拓磨は到底浮気などできるような器用なタイプには思えなかったし、私にしたってそうした願望は欠片もなかった。だからそんな話題を肴《さかな》にお酒が飲めたとも言える。私たちは二人で飲みに行くと、共通の友人の噂話やその日観た映画の感想などでは話し足りなくて、よくいろいろな架空の状況を設定しては議論に花を咲かせていた。

宝くじで一千万円が当たったら何に使うか。

将来結婚して子どもができたとして、その子にいじめられていると打ち明けられたら何と答えるか。

もし明日、お互いが死んだらどうするか。

何かを試すというほどの目的もなく、ただ互いの意見を伝え合うのが楽しくて繰り返していた議論だった。拓磨はしゃべるのが得意な方ではなかったから考えを表現するのに時間がかかったけれど、だからこそ一生懸命言葉を探して口にしてくれるのが嬉しかった。

『信頼関係の問題だと思う』

質問を投げかけてからかなりの時間が経った頃、拓磨はぽつりと答えた。

『信頼関係？　どっちが？　浮気の方？　携帯の方？』

『どっちも』

拓磨は生真面目な顔で続けた。

『浮気はもちろん信頼関係を損なう行為だし、携帯を見ることも……いや、相手に対して疑いを持ったときにそういう物証を求めること自体が信頼関係を否定しているんじゃないか』

『つまり？』

『相手が浮気しているか否かを知りたいなら、本人に訊けばいい。そうせずに、あえて反論の余地がない物証を求めるのは、その時点で既に相手の言葉を信用する気がないってことだろう』

『なるほど』

私はうなずいてから、で、と身を乗り出した。

『拓磨はそれのどっちがより許せないの？』

『どっちも』

『だから、どっちの方がよりって話なの』

『どっちも同じことだろう。そこからの関係修復は難しい』

それに対して、自分が何と答えたのかは覚えていない。ただ、何だか温かい気持ちになったことは覚えている。拓磨は浮気も、浮気を疑って携帯を盗み見ることもしないだろう。相手との関係が終わってもいいと思わない限り。そう信じられた。

だから彩音の結婚式の一週間前、拓磨の携帯のディスプレイに映った名前を見たのもわざとではないし、そこにあったのが彩音の名前だということに驚きはしても、それですぐに拓磨を疑ったわけでもない。

ただ、胸の奥が無性にざわついた。なぜ二人がお互いの連絡先を知っているのか。彩音はサークルの同期、拓磨はバイト先の先輩なのだから、普通に考えれば私以外に接点はないはずだ。

面識があるのは、他でもない私が夫として紹介したのだから不思議ではないとしても、なぜ私に内緒で連絡先を交換し、さらに連絡を取り合っているのか。

私は留守電の応答メッセージがぷつりと途中で切れるのを呆然と聞きながら、生唾を飲み込んだ。

廊下とつながるドアの向こうからは、シャワーが風呂場の床を打つ音が聞こえてくる。

拓磨の携帯が再び震え始め、冷たい光を帯びたディスプレイにもう一度彩音の名前が現れた。不規則に脈打つ鼓動がこめかみを叩く。震える腕をそっと伸ばし、拓磨の携帯を手に取った。画面にもどかしく指を滑らせ、受信メールを開く。

〈昨日はありがとう。急に呼び出しちゃってごめんなさい。恵にはバレなかった？　今さらだけど、やっぱり恵を結婚式に呼んだ方がいいんじゃないかと思って……。ぐるぐる考えてつい電話してしまいました。また連絡します〉

何が書かれているのか、すぐにはわからなかった。

昨日？　呼び出し？　頭の中を乱反射するように飛び交う単語に、記憶を探る。昨日、拓磨はどうしていた？

私は転がり落ちるようにしてベッドを飛び出した。姿見の横にかけてあった通勤鞄から自分の携帯を取り出し、昨日の受信メールを遡って夫の名前を選ぶ。

〈ごめん、上司と軽く飲んでいくことになった〉

目の前が、比喩ではなく真っ暗になるのがわかった。胸が引き絞られるように強く痛み、息が詰まる。

信じられなかった。

拓磨が浮気をしたかもしれないということよりも、私に嘘をついたのだということが。

拓磨と結婚式を挙げたのは今から半年前のことだった。

私たちは式の準備は二人でしようと決めた。拓磨はドレスの試着やヘアメイクのリハーサルにも立ち会い、それぞれの家族の紹介や生い立ち、二人の馴れ初めをまとめたスライドショーも二人で作った。

挨拶では何を言うか、余興は誰に頼むか、引き出物は何にするか――どれ一つをとっても、どちらかが勝手に決めてしまったことはない。

私が特にこだわったのは、披露宴よりも挙式の方だった。

クリスチャンではないのにこんなときだけ、と言う人がいたとしても、リハーサルに現れた神父の日本語がやけに胡散《うさん》臭い発音でも、神様の前で誓い合う儀式は私にとっては特別なものだった。

参列者に初めてドレス姿を見せ、それまで育ててもらった親に付き添われて新しく家族になる夫の元へと歩んでいくバージンロード。

どの友人の結婚式に出ても、私が一番感動するのはそのシーンで、ずっと憧れていた。

父親がいない私は一般的な花嫁のように父親に付き添われて歩くことはできないけれど、だからこそ私のことを女手一つで育て上げてくれた母と歩きたかった。

なのに母は、嫌がった。そんなことをしたら、あんたに父親がいないことが強調されるじゃないの。参列してる人だって戸惑うわよ。いいじゃないの、拓磨さんと一緒に歩けば。

まさかそんなふうに言われるとは思っていなくて、私は愕然《がくぜん》とした。それでもその場は納得したふりをして家に帰ったものの、拓磨の顔を見るなり我慢できなくなって幼い頃からの不満を嗚咽《おえつ》と共に吐き出した。

私の物心がつく前に病死したという父の話を母はほとんどしてくれなかった。写真をせがんでも見せてもらえず、結局押し入れの奥に隠すようにしまってあったのを自分で見つけた。仏壇もなかったし、お墓の場所だって教えてくれなかった。言葉にしていくうちにますます悲しくなってきて、私は子どものように泣きわめいた。

もうバージンロードなんて歩きたくない。だから結婚式なんてしたくない。

拓磨は何も言わずに頭を撫《な》で続けてくれた。何か慰めの言葉をかけてほしかったけれど、では何と言ってもらえれば気持ちが落ち着くのかはわからなかった。ただ、ぎこちなく頭を撫でる拓磨の手のひらの感触は気持ちよくて、私はそのまま泣き疲れて眠った。

翌日、泣き腫《は》らした目で起き出した私に、拓磨は普段と変わらぬ声音で「おはよう」と言い、朝のしたくをして出勤していった。

自分で気持ちに折り合いをつけるしかないことはわかっていた。泣いて騒いだって状況が変わるわけではない以上、拓磨にとってはストレスでしかないだろうということも。

時間が経って気持ちが切り替わるのを待つしかないと思い、ひとまず結婚式の準備からは離れて一週間経った頃、拓磨が突然分厚いファイルを差し出してきた。

その中には、たくさんの資料が挟まれていた。

新郎と新婦で入場するパターンを紹介したサイトのページや写真、バージンロードの起源について書かれた本のコピー。古くから悪魔は教会の床下に潜んでいると信じられていたこと、新婦の歩く音で目覚めて不幸をもたらすため、白い布を敷いてその上を歩くことで新婦を守るようになった話、カトリックの教会式でバージンロードに使われる絨毯は赤く、その由来すら守られていないので、そもそも形式にこだわる必要はないのだと説明する拓磨は、態度こそ淡々としていたが額に汗をかいていた。

気がきいたセリフではなかったかもしれない。けれど拓磨は、一週間もかけて私を励ますための資料を集めてきてくれた。

この人とバージンロードを歩けるのだと思ったとき、もやもやと渦巻き続けていた感情はどこかに消えていた。

――なのに、その拓磨が私を裏切るなんて。

親しげな口調と敬語が交じった彩音のメールの文面がちらついた。〈やっぱり恵を結婚式に呼んだ方がいいんじゃないかと思って〉どうして彩音は、そんなことを拓磨に相談するのだろう。〈恵にはバレなかった?〉それはつまり、彩音と拓磨は私に知られたらまずいことをしているということではないか。

私は、力の入らない身体を鈍く動かし、拓磨の携帯をシーツの上に戻した。見てしまった着信履歴とメールを消さなければ。軋《きし》む頭の片隅で思いながら、指を動かす気力がどこからも湧いてこなかった。

拓磨は、まだ自分が見ていない着信履歴とメールが既に開かれていることを知ったらどう思うのだろう。私が浮気を疑って携帯を盗み見たのだと、そう考えるのだろうか。

けれどその後、入れ替わりに風呂場へ向かった私が戻ってきても、拓磨は何も弁解はしなかった。何事もなかったかのように振る舞い続け、開き直ったように携帯をサイドテーブルに放置して眠りについた。

私は到底眠る気になどならず、微かないびきをかく拓磨の隣でそっと上体を起こした。暗闇の中で拓磨の寝顔を見下ろしながら、私は弁解してほしかったのだ、とようやく気づく。せめて騙し通そうとしてくれれば、信じようとすることだってできたのに。

私は膝をぎゅっと抱えて縮こまった。

『どっちも同じことだろう。そこからの関係修復は難しい』

拓磨は、浮気も携帯を盗み見ることも信頼関係を否定することだと言っていた。その拓磨が彩音と浮気をしたのなら、私との信頼関係よりも彩音との関係を優先したことになる。

それでも、浮気を疑って携帯を盗み見たのだと、私からも信頼を手放したのだと、拓磨に思われるのが悲しかった。

＊

天窓から天然光が射し込むクラシカルな印象の教会は、強い陽射しに照らされて眩《まばゆ》いほどに目に白い。

「あ、恵。こっちこっち」

トイレにわざと忘れ物をして受付に並ぶ列から抜け出し、教会への入場が始まってからそっと戻ってきた私を、恭子が大きく腕を振って招いた。片手を挙げて応えてから、スタッフと参列者とが入り交じる入口を顔を伏せて通り過ぎる。

受付を済ませていないことも、招待状を持っていないことも、この場に気づく人がいるわけがないと、心を落ち着かせる。

温かみよりも荘厳さを感じさせる年代物の長椅子にパーティーバッグを置き、その横に浅く腰かける。前の座席の背もたれに立てかけられた式次第を手に取り、顔の前で開いた。

新郎入場、新婦入場、聖歌斉唱、聖書朗読・祈禱《きとう》、誓いの言葉——並んだ言葉を爪の先でなぞっていく。

白い壁紙と色鮮やかなステンドグラスに囲まれた静謐《せいひつ》な空気の中には、ひそやかなざわめきが這《は》い渡っていた。

「彩音、綺麗だろうなあ」

「ここって写真撮っていいの？」

バージンロード側の席を押さえた友里子と玲奈が興奮を滲ませた声音で言い交わすのが右の耳に届いた。

今しかないのだ、と自分に言い聞かせる。だって私は、披露宴には出られないのだから。

コツ、コツ、という、踵《かかと》の鳴らす硬質な音が響き、それに合わせて散漫だった空気が少しずつ引き締まっていく。ハッとして振り返ると、新郎が入場してくるところだった。どこか欧米系の血を思わせる鷲鼻《わしばな》に、少し長めの髪がよく似合う。ミルクティー色のフロックコートからは、ダークブラウンのベストがのぞいている。

心臓が大きく跳ね、甲高い耳鳴りがした。

今だ。

私は式次第を太腿の上で閉じ、腰を微かに浮かせた。声は出さずに唇だけを小さく動かし、用意してきた言葉を口の中で確認する。

――彩音、浮気してますよ。

座席の外側を回り込んで祭壇前にいる新郎の元へ近づけば、スタッフに止められるかもしれない。だが、あらかじめ決められていた手順のような顔をして堂々と歩み寄れば、止めてもいいものか躊躇《ちゅうちょ》するはずだ。その一瞬の隙でいい。新郎が何かを言う前にたったひと言耳打ちをして、立ち去る。それだけで式は台なしになる。

新郎は、どうリアクションするだろう。

立ち去った私を追いかけて詳しく話を聞こうとする?

その場で感情を高ぶらせ、入場してきた新婦に向かって詰め寄る?

おそらく、そうはならないだろう。拭いきれない動揺と疑惑を胸に抱えたまま、けれど何もできずに始まってしまった式に臨む——今こそが人生最良のときだと信じて疑わない新婦の横で、心を虚ろにしたまま誓いの言葉を口にする。

——常に妻を愛し、敬い、慰め、助けて変わることなく、その健やかなるときも、病めるときも、富めるときも、貧しきときも、命ある限り真心を尽くすことを誓いますか?

——誓います。

そして式が終わったあと、披露宴が始まるまでのほんの少しの時間に、新郎はこらえきれずに新婦を問い詰めるだろう。

彩音はそこで初めて、たった今終えたばかりの式が疑念にまみれたものだったという事実を知る——

彩音に、思い知らせてやりたかった。私がどれほど傷ついているのか。悲しんでいるのか。夫と親友に同時に裏切られる、その気持ちを。

私はこみ上げてきそうになる涙を必死にこらえ、履き慣れないヒールのつま先に力を込めた。鈍い痛みが膝下まで走る。

先に裏切ったのは彩音の方だと、何度も自分に言い聞かせる。

けれどどうしても、立ち上がることができなかった。

涙で頬にマスカラの黒い筋を作った彩音の顔が脳裏に蘇る。蘇ってきてしまう。

『だってひどいよ、許せない』

そう言って歯を食いしばり、自分のことのように憤っていた彩音。

私たちの所属していた写真サークルでは、毎年一回、新聞社主催の写真コンクールに作品を応募することになっていた。モチベーションを維持するために、自分の実力を試すために、賞金を狙って。それぞれが口にする動機は違ったし、私も表向きは活動の記念として、という素ぶりを見せていたけれど、内心では賞が欲しかった。

将来はカメラマンになりたい、というような明確な夢があったわけではない。だけど、人にはない感性を持っているのだと誰かに認められたかった。

二つ上の先輩が応募した作品がそのコンクールの佳作に入選したのは、私が二年生のときだった。知らせを聞いた私たちは、帰りにファミレスに集まり、興奮して「すごい、こんなことって本当にあるんだ」と語り合った。そのとき私が送った作品は一次選考も通らなくて悔しかったけれど、同じサークルの中に賞を獲るような先輩がいるということは励みにも感じられた。

だが、発表された先輩の作品を見て、私は愕然とした。

私が以前撮った写真と同じものに見えたからだ。

大学の図書館前の雑木林で撮った、あるひと組のカップルの写真だった。我ながらいいショットが撮れた気がして、すぐにそのカップルの了承を得てコンクールの応募作品にすることにした。誰かに見てもらおうとサークル会館の部室に行ったものの誰もいなくて、だったら拓磨に見せようと電話をかけたところに数人の部員が入ってきた。慌てて部室の外に出て、拓磨と会う約束をしてから戻るまでにかかった時間は、十分程度だったと思う。けれど私がテーブルの上に置いていったデジタル一眼レフはどこにも見当たらなくなっていた。

サークル内の貸出用機材だったから、誰かが持っていったこと自体はおかしなことではない。だけど私はまだデータをパソコンに移していなかった。もしその人が既に返却済の機材だと思ってデータを消去してしまったら。

急いで少し前に部室に来たメンバーたちに連絡を取ったものの、彼らが部屋にいたのは数分だけだったらしく、誰もカメラの行方を知らなかった。

結局、そのカメラが部室内の鍵つきロッカーに返却されたのは三日後だった。データはすべて消去されていた。本来、貸出用機材を使うときにはデータを消去した上で返却することになっているのだから、当然ではある。騒いだところで、短い間とはいえ借り物をサークルのメンバー以外も出入りしかねない部室のテーブルの上に置きっぱなしにした私にこそ非があると言われるだけだろう。気に入った写真だったのでショックではあったが、仕方なく機材が無事に返ってきただけでもよかったのだと考えてあきらめることにした。

そうした経緯があったから、入選したその写真を見たとき、あのときの写真なのではないかと思ったのだった。自分が撮った記憶にない写真が入っていれば、普通は前に使っていた人のデータが残っていると考えるはずだ。だが、被写体の視線がカメラを向いていない写真だ。自分が無意識のうちにシャッターを押していて撮れたものだと勘違いしたまま使ってしまったという可能性も考えられる。

私は先輩に連絡を取り、あの写真は自分が撮ったものだと主張した。自分の不注意でややこしいことになってしまったのが申し訳なかった。今さら言われたって先輩だって困るはずだ。こんなふうに評判になってしまっては、やっぱりあれは自分が撮ったものではないとは言いにくいだろう。だから、みんなに公表してほしいわけではなかった。ただ、あれは私の撮ったものであることを確認したかったのだ。

だが、先輩は私が切り出すなり猛烈な勢いで怒り始めた。

「おまえ、言いがかりはやめろよ」

先輩は気づいていたんじゃないか、とそのとき初めて考えた。先輩は前に使っていた人のデータだと知りながら、自分の写真として応募することにしたんじゃないか。

けれど私にはそれを自分のものだと証明する術《すべ》がなかった。その場で思いついて撮った写真だったし、一緒に行動していた人もいなかった。パソコンにデータも移していない。被写体となったカップルも通りすがりの赤の他人で連絡先を訊かなかったから、私に使用許可を求められたと証言してもらうこともできない。

結局、再びあきらめるしかなかった。拓磨はサークルの他のメンバーにも話すべきだと言ってくれたが、先輩が非を認めなければ、ただ気まずくなってサークルに居づらくなるだけなのは目に見えていた。

あそこにカメラを置き去りにした私も悪い。そう言い聞かせて何とか自分を納得させることにした。

そんなある日、彩音が言ったのだ。

「最初にあの写真を見たとき、恵が撮ったのかと思ったんだよね。だってあの空間の切り取り方、恵の癖に似てる」

気づけば、涙が溢れ出していた。困惑する彩音にしがみつきながら、経緯を話す。彩音は激怒したが、私がもういいのだと言うと、悔しそうに唇を噛みしめて泣き出した。

「だってひどいよ、許せない」

「ありがとう。でも、私は大丈夫だから」

嘘ではなかった。彩音が信じてくれるのならそれでいいと、本心から思った。

だが、彩音は一カ月後、その写真の被写体を探し出してきた。学年も学部もわからない他人だったはずだ。わかっていたのは顔と二人が恋人同士だということだけで、見つかる可能性などほとんどなかった。それなのに。

そのカップルから、私以外に撮影した写真の使用許可を頼みに来た人間はいないという証言を得てきた彩音は、私を連れて先輩のところへ乗り込んだ。

「いい加減にしろよ。おまえも同じような写真を撮った証拠にはなるかもしれないけど、俺が撮ってないって証拠になるのかよ」

最後まで先輩は認めることはなかったけれど、もう十分だった。

一カ月もかけて私の言葉を証明する人間を探し出してきてくれた彩音。彩音は、先輩と気まずくなるのも構わずに、私のために本気で怒ってくれた。

臙脂《えんじ》色の分厚い布張りのドアがゆっくりと押し開かれる。細かなパールに縁取られた薔薇《ばら》のモチーフがその隙間から生まれるようにして現れ、参列者の間から感嘆の声が湧き上がった。細く絞った腰の下で、刺繡《ししゅう》がふんだんに施されたレースがシュークリームのように柔らかく膨らんでいる。胸の下までを覆う薄いベールが、動くたびに繊細な光を放つ。

純白ではなく、微かにクリーム色がかった生成りの生地とアンティーク調のデザインが彩音らしい。私が式を挙げたようなホテル内併設の、ある種保守的な教会では映えないだろう個性だ。

傍らに立ったモーニング姿の男性と軽く目配せをしてから、彩音がゼンマイ仕掛けの人形のように腰を折る。精巧に編み上げられた髪の上のティアラが、その動きに合わせて輝きを増す。

――もう、間に合わない。

そう自覚した途端、ため息が漏れていた。どうしてすぐに動かなかったのか。何のためにみんなに嘘をついてまで忍び込んだというのか。自分を咎《とが》める言葉を並べてみるのに、悔しさは湧いてこない。胸の奥を塞《ふさ》ぐ気持ちが何なのかは自分でもわからなかった。ただ、行き場を失くした力だけがゆっくりと身体から抜けていく。

私は、扉の前から滑るように足を踏み出す二人を呆然と眺めた。

「綺麗」

恭子がうっとりとつぶやく。その視線の先でカメラのフラッシュが光った。数瞬の間があき、先陣を切った一人がスタッフに止められなかったことに励まされるようにして一斉にフラッシュが焚《た》かれ始める。

記者会見を連想させる、無数の音と光の中で、私も慌ててサブバッグからデジタルカメラを取り出した。レンズカバーを外し、無骨な黒い機体を顔の前に掲げる。

——どうせ何もできないのならば、どうして帰らなかったのだろう。

こんなものでは、姿を隠すことなど到底できない。バージンロードからは一番離れた席ではあるけれど、彩音が列を見渡せばすぐに私がいることがバレてしまう。

彩音は、どう思うのだろう。呼んでもいない私が、この場にいることを。

身を縮めながら、ファインダーを覗き込んだ瞬間だった。

その、小さく区切られた枠の中に映った光景に、私は大きく息を呑む。

「え」

知らず、声が漏れていた。

そんなはずはない。ありえない。けれど心の中に芽生えた確信は急速に膨らんでいく。

——私は、この人を知っている。

彩音の横に並んで立っている、彩音の「お父さん」。

その顔は、私の家の押し入れで見つけた写真の顔と同じものだった。

頭には白髪が交じり、顔には皺が増えている。でも、見間違えるはずがない。

「——お父さん」

赤い絨毯の上を一歩一歩進んでいた彩音の足が、ピタリと止まり、玲奈の肩越しに目が合った。

大きく見開かれた二つの瞳が揺れ、一瞬遅れてからハッとしたように傍らに立つ父親を振り仰ぐ。父親は晴れの舞台に緊張しているのか、彩音の変調には気づかない。変わらないテンポで歩き続け、腕を前に引かれた彩音はつんのめるようにしてパタパタと二歩だけ進む。

彩音が、もう一度私を見た。

そこに浮かんでいた感情は、呼んでいないのに勝手に式に参列されたことへの不快感でも、浮気がバレたのではと案じる不安でもなかった。

彩音の顔が、泣き出しそうに歪む。

私は、カメラを構えた体勢のまま、動くことができなかった。

そういえば、彩音の出身地は私の生まれ故郷と同じだった。

そして彩音は、小学生の頃に母親が再婚したと言っていた。

『ねえ、恵は身内が犯罪者だったとしたらどうする?』

彩音がそう切り出したのは、いつだったか。

三カ月前——私の結婚式の後に二人で会った最初の機会。

彩音は私の結婚式で見たはずだ。私と拓磨が作ったスライドショーを。そこで「私の父親」

として紹介されていた、一枚の写真を。

『業務上過失致死。わざとじゃないけど車で子どもを撥ねて殺しちゃった、とか』

たとえが具体的なわりに、彩音は映画を観たにしては厳密さに欠ける言葉を使った。だから私はあのとき、実際に彩音には加害者になってしまった身内がいるのではないかと考えた。自動車運転過失致死傷罪が創設される前に、罪を犯してしまった家族が。

けれど考えてみれば、もし本当にそうなのだとしたら、進んで人に話すようなことではなかったのだ。それでも、彩音があえてあのタイミングで私に話したのはなぜか。

私は、カメラを持った両手を呆然と下ろす。

『経緯がどうであれ、やっぱり親が人を死なせてしまったって事実は正直かなりショックだと思うから』

あのとき、彩音は私の返答に顔を強張らせていた。

そして、それを見て、私は何と続けたか。

『身内って言っても、義理の両親とか、血がつながってないならそんなに神経質に考えることはないのかもしれないけど』

フォローを間違えたのかと思っていた。でも、図らずも加害者になってしまった父親と血がつながっているのが、彩音ではなく、私だったのだとすれば。

バージンロードを歩きたくないと、そんなことをしたら父親がいないことが強調されるじゃないのと頑《かたく》なに言った母の顔が思い浮かぶ。

どうして、母は父の話をほとんどしてくれなかったのか。写真すら見せようとしなかったのか。死んだと言いながら仏壇もなく、お墓参りもしなかったのはなぜなのか。

なぜ母は、私に父が死んだなどという嘘をついたのか。

『本人にとってもすごくつらいことだと思うから責められないよね。それで縁を切ろうとは思わないけど、たとえば自分に子どもができたとしたらその子には言えないかも』

もし、母も同じように考えたのだとしたら。

――三カ月前は、彩音が結婚式の招待状を発送しなければならない時期でもあったはずだ。

彩音の結婚式に参列すれば、私は幼い頃に死んだと聞かされてきた父親が生きていたのを知ることになる。当然、母親に事情を訊こうとするだろう。そして母親も、私が大人になった今なら本当のことを教えてくれたはずだ。――だが、私の考えを聞いた彩音は、今の私でもショックを受けるだろうことを知っていた。

「やだ、恵ったらいきなり泣きすぎ」

両手で顔を覆い、嗚咽が響かないように身体を震わせて耐える私を、恭子が笑う。

「今からそんなに泣いてたら披露宴までもたないよ」

――私は、何てことをしようとしていたのだろう。

自分だけ結婚式に呼ばれていないと知った時点で私がみんなに泣きついていれば、みんなは彩音のことを薄情だと罵《ののし》っただろう。どこまで本気で憤るかは別として、恵は彩音を呼んだのに自分は呼ばないなんて非常識だよね、というくらいの陰口は叩いたはずだ。

それを承知で、それでも彩音は私を呼ばないことを選んだのだ。

「常に夫を愛し、敬い、慰め、助けて変わることなく、その健やかなるときも、病めるときも、富めるときも、貧しきときも、命ある限り真心を尽くすことを誓いますか？」

「誓います」

誓いの言葉を口にする彩音の声が、涙で揺れている。

「彩音も。あれじゃメイク落ちちゃうって」

恭子の苦笑する声が夢の中のようにこもった音で反響する。

ふいに、自分だけが呼ばれていなかったと知ったときに抱いた思いが蘇った。

――たとえ建前に過ぎないようなものであっても、何か理由があればまだ気持ちを納得させることができたかもしれないのに。

ああ、だから。

私は、わななき始めた唇をきつく噛みしめる。

だから、拓磨は今日、私と旅行に行こうとしていたのだろう。天体ショーに興味があるなんて、今まで一度も言ったことがなかったのに、わざわざ月曜日に有給を取ってまで東京のホテルを押さえて特急券の手配をし、結婚式に参列できない理由としての「イベント」を作った。

膝の上に置いたパーティーバッグの中で、携帯がもう何度目になるかわからない着信を訴える。私はバッグの口を開き、携帯のディスプレイに指を乗せた。ずらりと並んだ拓磨からのメールの一番上を開く。

〈外で待ってる〉

私は拓磨に、この場所を言っていない。告げたのは、彩音の結婚式に行くということだけだ。

拓磨は、彩音から聞いていたのだろう。私をここに近づけないために。

でも、私は来てしまった。

「新郎新婦が退場いたします。みなさま、祝福の拍手をもってお送りください」

アナウンスの声に促されて、会場を拍手の音とフラッシュの光が埋め尽くす。

私は手のひらを懸命に打ち合わせる。彩音の耳に届くように。

中央の通路の先端に立った彩音が、揺れる視線を私の方へ向けた。私は頬を濡らす涙を指先で拭い、笑みを浮かべてみせる。私は大丈夫なのだと——少しでも彩音に伝わるように。

彩音の両目がふっと緩んだ。

大きくなる拍手の中を、彩音は時折新郎を見上げてはにかみながら進んでくる。

私の列の前まで来ると、新郎の腕を引いて足を止めた。

「来てくれてありがとう」

止めたはずの涙が再び滲んで、彩音の笑顔が見えなくなる。嗚咽が漏れる。息が上がる。発作のようにしゃっくりが出て、あとはもうこらえきれなかった。

「彩音、結婚おめでとう」

私はようやく、それだけを口にした。

帰らない理由

もう五分間、沈黙が続いている。

五分前、最後にしゃべったのがどっちだったのか、僕には思い出せない。どっちが訊いて、どっちが答えないままにこの気まずい空気が始まったのか。

僕は居心地の悪さを感じてあぐらの足を組み替える。結局、先に沈黙を破ったのは彼女の方だった。

「なんで、なにも答えないのよ」

——どうやら、答えていなかったのは僕の方だったらしい。

「何が？」

とりあえずそう訊き返すと、桐子《とうこ》は太めの眉を吊り上げた。

「なにが、じゃないわよ。どうして帰らないのって訊いてんの」

「ああ」

我ながら気の抜けた声が出る。そうだ。僕らはもう十分も——そのうち五分は無言だが——こんな問答を繰り返しているのだ。

「おまえこそ」

「喜多見桐子。喜多見でも桐子でもいいから『おまえ』はやめて」

「……桐子こそ」

僕が下の名前の方を選んだのは、僕らがいるこの部屋の主、くるみの苗字が北見だったからだ。漢字こそ違うものの、響きはイントネーションも含めて完全に同じだ。

正直なところ僕と喜多見桐子は下の名前を呼び捨てするような仲ではまったくないが、それでもこの部屋で桐子に向かって「キタミ」と呼びかけるのには抵抗感があった。

シングルベッドと本棚と学習机に部屋のほぼ半分を占められた六畳ほどの空間で、僕は押し入れの前に、桐子はベッドと机の間に、できるだけの距離を置いて座っている。ハンガーにかかったくるみの制服は、まるで僕らを見張るような存在感でベッド横の壁にかけられていた。

「で、どうしていつまでもそんな部屋の隅っこに座り込んでるのよ」

彼女が「早く帰れ」という意味でその言葉を口にしていることは、いくら日頃ぼーっとしていると言われる僕にもわかる。立ち上がって帰ると見せかけて部屋の真ん中に座り直す、という反撃がつい頭に浮かんだのだが、それはさすがにあんまりかと打ち消した。

「なにぼーっとしてるの」

桐子が焦れったそうに声を荒らげる。たしかに傍《はた》から見れば、僕は何もしていない。せめて頭は働かせていたことを伝えようと口を開くが、声を発する前に桐子が続けた。

「くるみを親友と二人にしてあげようっていう気遣いはないわけ？」

「親友」という言葉を躊躇いなく使う桐子に、出たよ、親友、と少し鼻白《はなじろ》む。親友とは友達の中で一番親しい人にしか使わない呼称なのだとクラスの女子が話しているのを聞いたことがあるが、そもそも「友達」とは知人の中で親しい者をいうはずだ。そこにさらに順位づけをしようとする主張が僕には気持ち悪かった。

そんな思いが顔に出てしまっていたのか、桐子が腰を浮かせた。

「なによ、なんか文句ある？」

別に、と反射的に流しかけて、「そっちこそ」と言い返した。桐子はすかさず「桐子って呼ぶんじゃなかったの」と話の腰を折る。

「……桐子こそ、恋人と二人にしてやろうっていう気遣いはないのかよ」

言い終える前に後悔した。恋人、なんて邦楽の安っぽい歌詞じゃあるまいし、男子中学生が使っていい単語じゃない。だけど、代わりになる表現が上手く思いつかないのだった。幼なじみ、クラスメイト——どちらも僕とくるみの関係の一端を表す言葉ではあるけれど、この場では何となくふさわしくない気がする。

桐子が、じろりと僕をねめつけた。

「それなんだけど」

「それ？」

「くるみと恋人だったたって、本当なの？」

胡乱《うろん》なものを見るような目、というのは、こういうのを言うのだろう。桐子の眉根にはくっきりと皺が刻まれている。

「あたし、くるみからそんな話聞いてないけど」

「言わなかっただけだろ」

「くるみがあたしに隠し事なんかするわけがないじゃない」

「隠し事とかじゃなくて、単純に言う機会がなかったんだって」

僕がそう答えると、桐子はいやに自信のある口調で言いきった割にあっけなく顔色を変えた。

真っ直ぐなまつげを伏せ、ラグの毛をつかんで険しい声で言う。

「なによそれ、あたしが機会を奪ったからだって言いたいの」

「そうじゃないよ」

「たしかにあれはあたしが悪かったけど」

桐子は自分の言葉に煽《あお》られるようにして気色ばんでいく。

「だからってそんな大事なことまであたしに秘密にするなんて」

「秘密にしたんじゃなくて、言えなかっただけだって」

「それを秘密にしたっていうんじゃない！」

桐子の目尻は微かに赤らんでいた。そのことを恥じるようにうつむき、声をしぼり出す。

「……いつからなの」

「え？」

「くるみと、いつからつき合ってたの」

桐子は太腿の上で拳を握りしめて言った。宣告を待つようなその姿を見ている気になれなくて、僕は机の上に置かれた大きなラジカセへと視線を向ける。

「……九月三日」

桐子が顔を上げるのが視界の端に見えた。

「二週間前ってこと？」

僕は振り向かなかったが、それでも桐子の表情が強張っていることはわかってしまう。

くるみの部屋には再び沈黙が戻った。窓からは、過ぎ去った夏を惜しむような蟬《せみ》の声が二匹分重なり合って響いてくる。


誰からも親友同士だと思われていたくるみと桐子の仲がぎくしゃくし始めたのは、全国中学校卓球大会が終わって二学期が始まった直後、九月二日からだった。

そもそも、大会が始まる前から不穏な気配はなくもなかった。千葉市立東金台《とうがねだい》中学校卓球部の部員の中で全国大会へと駒を進めたのはくるみだけだったからだ。

よくて県予選三回戦敗退というレベルだった東金台中卓球部は、小学生の頃から卓球クラブに通ってきた桐子が入部して以来成績を格段に上げた。桐子が勝利を重ねていくというだけではなく、桐子と練習することで他の部員たちも正しいフォームを覚え、練習法を変え、戦略を知ったのだ。部全体の実力が底上げされ、中でも常に桐子とペアを組んでいたくるみは見違えるほどに上達した。

だが、三年生にとっては引退試合になる全国大会の関東ブロック予選で、部長である桐子の八位入賞を阻んだのは皮肉にもくるみだった。その頃には二人の実力差はほとんどなくなっていたし、どちらが勝ってもおかしくなかったけれど、それでも桐子ではなくくるみが勝ち進んだことは様々な憶測を生んだ。

曰《いわ》く、桐子は悔しくて仕方がないに違いない、とか、これで二人の友情にひびが入ったはずだ、とか、無責任なものばかりだったが、実際に何の責任もない第三者からすれば単に興味の対象でしかなかったのだろう。新聞部は煽るような見出しこそ入れなかったものの、〈部長の喜多見桐子さんが部を率いて〉きた結果、卓球部が〈史上初の団体戦関東ブロック大会進出を果たした〉ことや、〈不幸にも仲が良い二人が三回戦で当たってしまった〉ことを繰り返し報じた。

桐子は試合の直後は泣いて悔しがったものの、翌日からはそれまで通りくるみのペアとして練習につき合い続け、そんな桐子を周囲は友達思いで優しいと評した。新聞部は練習風景についても記事を書いたし、もちろん全国大会にも取材に行った。

全国大会の一回戦から強豪校の選手と当たってしまったくるみに、桐子は応援席から喉がかれるほどの声援を送った。椅子の上に正座をし、手を祈る形に組み合わせ、ポイントをとるたびに身を乗り出す姿は、まるで青春漫画のクライマックスのような光景だった。これでくるみが勝っても負けても、二人の友情には何の影も落とさないというような。

実際、最終セットまで持ち込む接戦の末に惜敗したくるみは、真っ先に桐子の元に駆け寄り、桐子も泣きながらくるみを慰めた。

それで、物語はハッピーエンドを迎えたかに思えた。

雲行きが怪しくなってきたのは、新学期が始まってすぐ、新聞部が卓球部とハンドボール部の全国大会の結果を報じる特集号を出してからだ。

記事は一見、普通の結果報告と写真が並んだものに見えた。新聞部の記事は事前に先生のチェックが入っているのだから当然だ。だが問題は、つい見落としがちな写真のキャプションにあった。

〈卓球部：勝敗を決した瞬間の応援席〉

三人並んだジャージ姿の女子たちの真ん中に写っていた桐子は——笑っていた。

モノクロの印刷でもわかるほどはっきりと、目を細め、口角を持ち上げて。

校内には瞬く間に噂が広がっていった。その速さからして、新聞部員が自ら噂を流したのかもしれない。新聞が配られた当日の放課後には、本人たちの耳に入るほどになっていた。

それまでずっと一緒にいたくるみと桐子は、その日の下校から別々に行動するようになった。他の女子卓球部員たちがそうさせたのだ。彼女たちはくるみを取り囲むようにして立たせると、桐子を一瞥《いちべつ》もせずに教室を出て行った。

桐子が仲間外れにされていることは誰の目にも明らかだったが、それを咎める人間は一人もいなかった。いくら悔しかったからって、親友が負けたのを喜んだりする？　最低だよね。しかもみんなの前では悲しんでるふりをしてたんでしょう？　信じられない。くるみがかわいそう。ほとんどの女子が桐子への怒りをあらわにし、それ以外の女子は新聞部への怒りを口にした。ひどい。写真撮ったの誰よ？　人の気持ちなんか考えてない。絶対わざとだよね。許せない、と。

「二週間前からだったんだ」

桐子が二回まばたきをしてから言った。

それまでの相手に噛みつくような口調ではなく、自分の中で咀嚼《そしゃく》するような声音だったからこそ、腹を圧迫されたような重みを感じる。

「だったら、あたしが聞いてなくてもしょうがないのかもね」

桐子は苦笑を浮かべようとしたのだろうが、それは失敗していた。斜めがけした鞄のチャックを指先でいじる。

くるみ、と僕は心の中で呼びかける。呼びかけてから、何て続ければいいのかわからないことに気づいた。

「くるみ」

桐子のつぶやく声に、僕は思わず部屋のドアを振り返ってしまい、そんな自分に戸惑いを覚える。くるみが、そんなところにいるわけがない。

——くるみは、死んだのだ。

十日前の九月七日、車に撥ねられて。

＊

僕と桐子がくるみの家にやってきたのは、今から三十分ほど前のことだった。

二人で示し合わせたわけではない。線香を上げに訪れたら先客が来たばかりだと知らされ、それが桐子だったというだけだ。

だがタイミングがほとんど同じだったこともあり、僕らは揃って和室に通されて線香を上げ、桐子がくるみの部屋に行きたいと言い出すと、当然のように僕も移動することになったのだった。

くるみの部屋で二人きりにされてからも、僕らは最初ほとんど言葉を交わさなかった。一応中学の三年間同じクラスではあるが、しゃべったことなど数えるほどしかない。「須山、くるみと幼なじみってことは、家がこの近くってこと？」と桐子が口火を切ったが、僕が「ここの斜向《はす》かい」と短く答えると会話はすぐに途絶えた。

一度目の沈黙が落ちたところで、

「ねえ、おばさんも交ぜてくれない？」

何となく閉めづらく開けっ放しにしていたくるみの部屋のドアから、くるみの母親がにょきっと顔を出した。

僕は息を呑んでおばさんを凝視する。おばさんは、とても四十歳近いようには見えない——

そして娘を亡くした直後とは思えない悪戯《いたずら》めいた笑みを浮かべて、返事も待たずに部屋に入ってきた。

三人分のケーキと紅茶を載せたお盆を手にしている。

「おばさんね、胡桃《くるみ》のパウンドケーキを焼いたの。よかったら食べてね」

「ありがとうございます」

「すみません」

桐子と僕は順々に頭を下げた。おばさんはラグに膝をつき、お盆を直《じか》に下に置く。

「はい、これはまーくんの、これは桐子ちゃんの」

僕を幼い頃の愛称で呼び、一つ一つの皿を手渡してきた。僕と桐子は、それに合わせてまたそれぞれに会釈する。

おばさんはケーキを配り終えると、ドアの前まで戻って腰を下ろした。僕と桐子と等間隔の位置で、くるみの部屋を目いっぱいに使った正三角形ができ上がる。

「いただきます」

おばさんはいち早く手を合わせ、小さなフォークを手に取った。僕も桐子もフォークに手を伸ばしたが、おばさんは、

「あ、続けて続けて」

と、フォークを持ったままの手のひらを僕らの間に向ける。

「くるみの話、していたんでしょう?」

して、いなかった。

桐子は困った顔をし、僕に目配せをしてきた。僕はひとまずケーキに向き直り、ひと口目を食べる。小学校の低学年までは、よくこの家でごちそうになったものだ。少しだけぱさついた食感と、胡桃の歯ごたえ、甘すぎない健康的な味が懐かしい。

「おいしい」

そつなく言ったのは桐子で、おばさんははしゃぐような声を上げた。

「本当？　ありがとう。くるみも大好きなのよ、これ」

言いながらケーキの真ん中にフォークを突き立ててすくったが、口には運ばずに戻す。

「おやつは何がいいって訊くと、こればっかりリクエストして……だから、くるみっていう名前にしたのよ」

僕は、ずこ、と漫画のように身体を傾けそうになった。それはさすがに時系列がおかしすぎる。笑いを含んだおばさんの声に、僕は突っ込みを入れるべきか逡巡したが、おばさんは素敵な打ち明け話をした、というような顔で穏やかに微笑んでいる。桐子と目が合った。先に逸らしたのは桐子の方だ。いや、桐子は僕から顔を背けたのではなく、おばさんの方を向くために首を回したのだった。

「かわいい名前ですよね、くるみって」

「夫からはメルヘンすぎるって反対されたんだけどね」

「だけどくるみによく似合ってるし、あたし、うらやましいです」

「そう？　桐子ちゃんだってかわいい名前じゃない。桐、っていう字、おばさん好きよ。なんて言うか、キリっとしてて」

駄洒落《だじゃれ》か、と僕は思ったが、桐子は「ありがとうございます」とはにかんだ。それが本心なのかどうかは僕にはわからない。

おばさんは、ふふ、と口元を指先で押さえた。

「でも桐子ちゃんがそう言ってくれるなんて、あの子も喜ぶと思うわ」

——おばさんは、どこまで本気で言っているんだろう。

喜ぶも何も、くるみはもうこの世にはいない。それとも、あとで遺影に向かって報告するという意味なんだろうか。

「ちょっと長い間お休みしちゃったけど、くるみ、明日は学校に行けると思うから」

ざわ、と背中の肌が粟《あわ》立った。桐子も顔を強張らせている。

僕はひたすらケーキにフォークを刺しては、口の中に放り込んでいった。喉につかえてなかなか飲み込めず、紅茶のカップをつかんで勢いよくあおる。

おばさんは、潤《うる》んだ目を柔らかく細めた。

「今日は来てくれて、本当にありがとうね」

いえ、とだけ答えるのが精一杯だった。

「そうだ、くるみがまーくんとお風呂に入ったときの写真が出てきたの！」

おばさんは唐突に声のトーンを上げると、勢いよく立ち上がった。腰を屈《かが》めてケーキの皿を床に無造作に置き、すばやく部屋を飛び出していく。顔を見合わせた僕と桐子が言葉を交わす間もなく、表紙が茶色く変色したアルバムを手に戻ってきた。

「ほら、このときまーくんったらお風呂の中でおもらししちゃって」

おばさんが指差した先には、幼稚園の頃のくるみと僕がアヒルのおもちゃを取り合っている姿がある。メモ欄には、丁寧な文字で〈1977年5月1日、まーくんと〉と書かれていた。

僕はもう喉は渇いていなかったが、何となく落ち着かない気持ちで再び紅茶を口にする。

「……そうでしたっけ」

「そうよ、やだ、まーくんたら覚えてないの？」

おばさんは、まるで自身が中学生かのようにコロコロと笑った。

「あ、こっちはみんなでキャンプに行ったときのよね。里佳子ちゃん、元気？　今度うちに遊びに来てって言っておいてよ」

里佳子とは僕の母親のことだが、元気も何も、つい一週間ほど前にくるみのお通夜と告別式に参列して顔を合わせていたはずだ。おばさんは「里佳子ちゃん」と言って母に泣きつき、母も泣きながらおばさんの背中を撫でさすり続けていた。

おばさんは一枚一枚写真を指さしながら、それぞれの写真にまつわるエピソードをよどみなく口にしていく。

「このイチゴ！　そうそう、まーくん、授業参観で好きな食べ物はって訊かれて『お母さんが作ったイチゴ』って答えたのよね。先生も聞き流せばいいのに、『おうちで作ってるの？』なんて訊くもんだから、まーくんったら無邪気な顔で『お店でかってあらってくれます！』なんて答えちゃって」

僕はぎこちなくうなずくだけだったが、おばさんの口調は少しも変わらなかった。

「それでその日のうちに苗を買いに行っちゃう里佳子ちゃんもすごいけど」

懐かしいわあ、とおばさんは遠い目をする。

だが、いきなりハッと息を呑んだかと思うと、くるみの机に飛びついた。

「ごめんね、おばさんったらまーくんとの話ばかり」

引き出しをさっと開け、中からピンクのハート柄のノートを取り出す。桐子ちゃんとは中学校から一緒だったものね、とひとり言のようにつぶやきながら、ページをめくった。

「おばさん、それ……」

「これはね、あの子の日記」

おばさんはあっさりと答え、開いたページを桐子に向ける。

——日記？

僕はぎょっと目を剝いた。桐子も「それは」と言ったきり、絶句している。

「こっちには桐子ちゃんのことがいっぱい書いてあるからね」

桐子の頰がはっきりと引きつった。おばさんは桐子に顔を向けたが、表情の変化には気づかないのかふっと息を漏らす。

「くるみったら、いっつも桐子ちゃんの話ばかり書いているの。と言っても、まだ五日分しか読んでいないんだけど」

化粧気のないまつげを伏せて、小首を傾げた。

「夏休みが始まったばかりの頃かしら、何かの弾みでね、三日坊主の話になったの。たしか賢吾が宿題を全然やらないって話からだったと思うんだけど……ほら、あの小学校って毎年日記の宿題を出すでしょう？」

おばさんは最後は僕に向けて言ってから、「あ、賢吾ってあの子の弟ね」とつけ足す。

「あ、はい」

僕と桐子は同時にうなずいたが、賢吾のことは僕はもちろん知っているし桐子もそうなはずだ。

「で、だったら姉ちゃんは小学生の頃ちゃんと書いてたのかって賢吾が言い出して、まあ、くるみは真面目にやっていたんだけどね。賢吾ったら引くに引けなくなったのか、それは姉ちゃんが暇だったからだ、俺は忙しいから日記なんかいちいち書いてらんねえんだって」

おばさんは首に手を当ててため息をついてみせる。

「そしたら、だったら今からやる、賢吾だって今のわたしが忙しいことくらい認めるでしょって……くるみ、ああ見えて負けず嫌いでしょう？」

「はい」

たしかにくるみは負けず嫌いだ。普段は何を言われても言い返さないほど大人しいのに、いざ勝負事となると人が変わる。変わると言っても、態度が豹変するわけではなくやはり物静かで目つきもとろんとした垂れ目のままなのだが、誰かに負けると勝つまでその相手のことを延々と研究し、対策を練り続けるのだ。

だからこそ、くるみは中学生になってから始めた卓球でも全国大会に出場できるまでになったし、この夏休みは多忙の身だった。

全国大会は、八月の三週目にあったからだ。

「ねえ、桐子ちゃん、読んであげてちょうだい。くるみ、本当に桐子ちゃんのことが」

おばさんは語尾を震わせると、骨ばった手で桐子にノートを押しつけた。

「それを読めばわかるから。あの子がどんなに桐子ちゃんを好きだったか」

切実な声に、桐子は磔《はりつけ》にされたように固まる。腕からノートが滑り、ラグの上にページを開いたまま落ちた。

〈一九八八年八月三日（水）晴れ、ときどき雨

今日も一日練習だった。四勝三敗。

トコちゃんって、すごい。わたしだったら、練習試合にもつき合ってあげられないと思う。

もし全国大会で勝ち上がって新聞のインタビューとかを受けたら、何て答えるかを話した。

将来は何になりたいって訊かれたら、卓球選手だと普通すぎるから、翻訳家って答える。英語、苦手だけど。

でも本当は、トコちゃんみたいになりたいな。

かわいくて、明るくて、みんなの人気者で、自慢の親友〉

桐子は青ざめた顔でノートを拾い上げ、おばさんへ返した。

「ごめんなさい……でも、あたし、日記を勝手に読むのはちょっと」

「そう」

おばさんは、静かにノートを受け取り、そのままラグの上に載せる。けれど数秒の間を置いて、もう一度持ち上げた。

「だったら、おばさんと一緒に読んでくれない？」

言いながら最初のページを開き、また桐子へと差し出す。

「おばさん、何だか読み終えてしまうのが怖くて読み進めることができなかったの。だけど、桐子ちゃんとだったら読めると思うから。ね、お願い」

僕は、切迫した声で言い募るおばさんの横顔を見つめた。

——あの中には、何が書かれているんだろう。

どうして、おばさんは桐子に日記を読ませようとするんだろう。

桐子は日記とおばさんをぎこちなく見比べてから、うつむいた。おばさんは伏せられた桐子の顔を覗き込む。

「おばさん、どうしても桐子ちゃんに読んでもらいたいの」

——おばさんは、本当は最後まで日記を読み終えているんじゃないか。

桐子とくるみの間に何があったかを知っていて、わざと読ませようとしているんじゃないか。

桐子は泣き出しそうな顔をして、両手で日記を押し返す。

「ごめんなさい、あたし、読めない」

震える声で言うと、頭を深く下げた。

「あたしだったら、死んだあとに日記を読まれるなんて耐えられないから」

それが、本当の理由だとは僕には思えない。だが、おばさんはそれ以上食い下がろうとはしなかった。おばさんの目の縁に、みるみる涙が溜まっていく。

「おばさん」

桐子が慌てた声で言って腰を上げ、おばさんの前に膝を進める。桐子はおばさんに向けておずおずと腕を伸ばしたけれど、肩には触れずに手を下ろした。

僕がここにいることなど忘れてしまったかのようなやり取りを続ける二人を、僕は呆然と眺める。

——もし、桐子が、くるみの日記を読むことになったりしたら。

僕はTシャツから出た剝き出しの二の腕をつかむ。冷房が効きすぎているのか、ひどく冷えていた。

おばさんは、結局ケーキを崩しただけでひと口も食べなかった。

そして「これからもくるみをよろしくね」と力なく言うと、自分の分のケーキ皿をお盆ではなく手のひらに載せてくるみの部屋を出て行った。

＊

それから、残された僕らはくるみの部屋で座り込み続けているのだった。

間に置かれた日記をまるで存在しないかのように無視し続けながら。

僕は、ちらりと桐子を見やった。こういうとき、相手に盗み見られると気配で伝わる気がするのだが、桐子は振り向かない。崩していたはずの足はいつの間にか正座の形に折り畳まれ、背筋が不自然なほどに真っ直ぐに伸ばされていた。

——何を考えているんだろう。

感情表現が豊かな桐子がこんな顔をするのは珍しい。色のない頬からは何の感情も読み取れない。だけど、いつも騒がしいほどにしゃべっている人間が無表情で黙り込んでいるというだけで、怒りの表明のように感じられてしまう。

——だとすれば、何に怒っているというのだろう。

くるみを撥ねた車の運転手？

死んでしまったくるみ？

くるみの日記を読ませようとしたおばさん？

九月三日からくるみとつき合い始めたと告げた僕？

——それとも、自分自身にだろうか。

「くるみ、どうして死んじゃったのかな」

桐子は湿った声を吐き出し、天井を仰ぐ。そのどこか芝居がかったしぐさが、桐子にはよく似合っていた。喜怒哀楽がはっきりしていて、表情がくるくる変わって、面倒見がいいのに何となく妹っぽい桐子のキャラクターは、くるみとは正反対だ。

くるみは、大人しく、一緒にいる相手があれこれ世話を焼かずにいられなくなるほどのんびりしているが、たまに鋭いことを口にしたりするので、普段黙っているときも深遠なことを考えているのかもしれない、と思われていた。また、わかりやすくはしゃいだり騒いだりすることがなかったので「大人っぽい」と評されているのも聞いたことがある。

二人は相性が良いらしく、ずっと一緒にいた。中一では同じクラス、中二でクラスは分かれたものの同じ卓球部員として部活動に励んだり並んで下校したりする姿がよく見られたし、中三になると再び同じクラスになって、教室移動も昼休みも部活も下校もまたすべて一緒になった。くるみと桐子が親友同士だということに疑問を抱く人間はいなかったはずだ。

——九月二日までは。

「それ」

僕は、表紙に〈北見くるみ　日記　1988年8月〜〉と几帳面《きちようめん》な印象を与える細い文字で書かれたノートを顎で示した。

「その日記、読むのか」

桐子の肩がぴくりと揺れる。けれど、彼女は答えなかった。

「読んでどうするんだよ。くるみが悩んでたことを確認して、線香でも上げて、泣きながら謝って、それで終わりにするのかよ」

咎める口調で言いながら、僕はわかってもいた。どうして、自分がこんなにもムキになってしまうのか、責める言葉を桐子にぶつけているのかを。

くるみのために怒っているわけでは、決してない。

僕はただ、桐子にくるみの日記を読まれたくなかったのだ——九月三日以降の記述を。

「は」

次の瞬間、正面から聞こえてきた声に、僕は目を剝いた。視界の中心には、口元を緩めた桐子がいる。

桐子は、すぐに唇を引きしめたものの、またこらえきれないというように、ふ、ともう一度声を漏らした。まるで、僕の考えなどお見通しだとでも言うかのように。

「何がおかしいんだ」

声が震えてしまい、慌てて腹に力を込めた。

「おまえ、何笑ってんだよ」

「別に、あんたのこと笑ったわけじゃないわよ。……それよりあたし、おまえって呼ばないでって言わなかった？」

桐子は上体を前に傾けて床に手をつく。それは、表情を見とがめられるのを避ける体勢のように見えた。

「おまえだって、あんたって呼んでるだろ」

「あ、そうか」

あっさりと答えると、顔を上げる。もう笑ってはいなかったが、悲しんだり自分を責めたりしている顔にもどうしても見えなかった。

——何でだよ。

歯を食いしばると、こめかみが微かに軋む。

桐子は、くるみの葬式でも泣いていなかった。クラスの誰よりも先に泣き出して、誰よりも大きな泣き声を上げるかと思ったのに、ひと筋も涙を流さず、声も発しなかった。

呆然と——見ようによっては淡々と焼香をして祭壇に手を合わせていた桐子について、薄情だよな、と葬式の帰り道に誰かが言い、くるみがかわいそう、とまた他の誰かが涙声で言った。

だけど僕には、泣きながら抱き合う他のクラスメイトたちよりも桐子の方がよほど打ちのめされているように見えた。むしろ、どうしてみんなは桐子が受けている衝撃を想像できないのか不思議だった。

喧嘩した友達が、仲直りする前に死んでしまったのだ。

くるみが試合で負けたときに笑っていたのだから友達じゃなかったのだ、だから悲しくないのだ、というのは短絡的すぎる考え方に思えた。友達だからこそ、くるみに負けたことが悔しかったのだろうし、くるみが負けたことを喜んでしまったのだろう。そのことを「ひどい」と言うやつらだって、実際に自分が同じ立場に立ったら絶対に喜ばないでいられるとは言いきれないはずだ。

けれど今は、どうしてこんな状況で桐子が笑えるのかわからなかった。死んでしまったくるみの部屋で、おばさんがくるみのために作ったケーキを食べて、一日分とはいえくるみの日記を目にして、それでどうして笑うことができるのか。

僕は、はあ、と声に出してため息をついた。

「用がないなら早く帰れよ」

桐子は、きっと鋭く僕を見返してくる。

「どうして須山にそんなこと言われなきゃなんないのよ。あんたになんの権利があって……」

言いかけた言葉を止め、悔しそうに唇を噛みしめた。絞り出すような声音で続ける。

「……つき合ってたって言ったって、三日から七日までなら五日間しかないじゃない。そんなんじゃデートだってしてないんじゃないの？」

ぐ、と僕は返答に詰まった。だが、かろうじて言い返す。

「デートくらい、行ったよ」

「どこに？」

「稲毛《いなげ》ファミリーランド」

僕はデートスポットとして申し分ない、千葉市内の遊園地の名前を口にしたが、事実ではない。本当は近所の公園で蚊と格闘しながら話をしただけで、しかも話題は桐子との喧嘩についてだった。

桐子は頬を引きつらせる。

「三日から七日までなら休みの日は四日だけだけど、つき合い始めた翌日に行ったっていうの？」

「ああ」

「……一回デートしたくらいでつき合ってたなんて言えるわけ」

「桐子こそ、本当に親友だったって言えるのかよ」

今度は、桐子が黙り込む番だった。僕はその隙に言葉を重ねる。

「それにつき合いの長さで言えば、僕らのつき合いは幼稚園に入る前からだ」

張り合う口調で言ってから、何だか妙なことになってきたなと思う。僕はただ、桐子に先に帰ってほしかっただけだ。くるみの日記を回収して、誰にも読まれないようにしたかった。おばさんには悪いが、そんなものが存在すると知った以上、このままにはしておけない。さっきみたいに他のクラスメイトに見せられたら困る。

当然、日記を持ち帰ったりすればおばさんは気づくだろう。直前までくるみの部屋にあったことを確認しているし、僕らのどちらかが持ち去ったのは明らかだ。だが、もし追及されれば僕は桐子が持っていくのを見た、と口にすればいい。桐子は否定するはずだし、そんな嘘をつくということは僕が犯人だと気づくだろうが、それを証明する術はない。

そこまで考えて、僕は小さく息を呑んだ。

——桐子も、僕と同じように考えているんじゃないか。

死ぬ前日まで日記が書かれていたとすれば、くるみと桐子との間にあった諍《いさか》いについても書かれている可能性が高い。おばさんはまだそこまで読んでいないと言っていたが、だからこそ、桐子はここで日記を回収してしまいたいと思っているのかもしれない。今さらクラスメイトに読まれたところで既に地に落ちている桐子の評判は変わらない気もするが、桐子としては他でもないおばさんに読まれたくないのかもしれない――それが、おばさんへの優しさなのか、あるいはただの保身にすぎないのかはわからないが。

桐子は、僕に何か言いたげな視線を向けてきた。だが、口を開こうとはしない。まつげを伏せ、無表情になる。

それは、くるみが死んで以来、何度も目にしてきた顔だった。

――桐子は、どんな言葉を飲み込んでいるのだろう。どんな感情を封じ込めているのだろう。

僕はうつむいた桐子を眺めながら、教室での光景を思い出していく。

＊

くるみの死因は交通事故による外傷性ショック死で、車道を渡ろうとして撥ねられたのを目撃した人もいた。だから事故であることは確実で、そこに疑いを挟む余地はない。

だが僕らの通う東金台中には、あれは自殺だったんじゃないかという説が流れていた。くるみは親友に裏切られたことに傷ついて、衝動的に車道に飛び出したのではないかというのだ。

そして、その説を口にする生徒たちは、まるで人殺しを見るような目で桐子を見た。

けれど桐子はくるみの葬儀のあとも学校を休むことはなく、むしろそれまでよりも毎朝少しだけ早く登校してきて、わざわざ先生の許可を得たのか学校の花壇で摘んできたらしい花をくるみの机に供え続けていた。偽善っぽいと非難する声や、健気だよねと遠回しに揶揄《やゆ》する声しか上がらなかったが。

「毎朝毎朝、ほんとよくやるよね」

頬杖をつき、くるみの机の真ん中に花瓶を置いている桐子を顎で示しながら言ったのは、同じ卓球部の中でも派手な、去年卒業した野球部の元キャプテンとつき合っているという噂のある女子だった。卓球部では幽霊部員のようだが、目鼻立ちがはっきりした美人で気も強く、クラスの中でも中心的存在だ。

「ね、これみよがしに」

隣の凝ったかわいい髪型の女子が桐子にも聞こえそうな音量で言うと、二人は視線を絡ませて笑い合った。綺麗だけど醜いな、と他人事《ひとごと》のように思った瞬間、そのうちの美人の方が僕を振り向く。

「須山も黙っていいわけ」

僕が答えずにいると、彼女は形のいい眉毛をさらに吊り上げた。

「あれ、くるみを利用してるんだよ？」

「そうだよ、『友達思いなあたし』アピールにくるみを使ってるんだって。くるみを裏切ったのは自分のくせに」

もう一人も辛辣《しんらつ》に言い捨てる。僕は、少しだけ意外に感じる。――彼女たちに、桐子がくるみを利用しているのだと考えるほどの想像力があるとは。

「ああやって自分が一番くるみの死を悼《いた》んでます、みたいな顔しちゃってさ」

「だよね、恋人に死なれた須山の方が絶対ショック大きいのに」

卓球部の女子二人組は憤慨した口調で言い合い、「ね」と僕に同意を求めてくる。僕は曖昧に小さく首を振ってみせた。

くるみが死んで、クラス内の序列が一番下にまで落ちた桐子とは逆に、僕の地位は向上していた。

僕がくるみとつき合っていたと告白したのは、くるみの葬式の二日後だった。稲毛ファミリーランドのマスコットキャラクターであるイーナギンのキーホルダーを通学鞄につけていたところ、『なんか意外、須山もそんなのつけるんだ』と隣の席の女子に突っ込まれたのだ。僕が『いや、これは……絶対つけろって言われたから』と口ごもって、その異様に目が大きい緑色のウサギを手のひらで隠すと、いつも恋愛話で女友達と盛り上がっている彼女は面白そうに身を乗り出して『誰に誰に？』とさらに質問を重ねてきた。

迷った時間は、数秒ほどだったと思う。僕は気づけば『北見くるみ』と答えていた。『どういうこと？　え、くるみとそういう関係だったの？』彼女が声を張り上げた瞬間に、既にクラスメイトの僕を見る目は変わっていた。

彼女たちが、僕をこれまでのようにノリが悪いと責めたり、なに黙ってんのと怒ったり、須山ってつまんないよねと嘲笑したりしないのは、僕が「恋人に死なれた男」だからだ。ショックを受けていて当然だよねと、何も言わなくてもそう解釈してもらえる。だから僕は、何も言う必要がない。

教室の後ろのドアから桐子が戻ってくるのが見えた。土や花粉で汚れた手を洗いに行っていたのか、ハンカチで指先を拭っている。伏目がちに自分の席まで進むと、ほとんど音を立てずに席についた。すぐさま身体をねじって通学鞄を開け、中から漫画を取り出す。そのまま一度も視線を上げることなくページをめくり始めた。

教室の中でしゃべる相手がいない人間がすることと言えば、本を読むか寝るかしかない。実際、新聞部が全国大会の特集号を出してからくるみが死ぬまでの約一週間、正確に言えば学校に来ていた四日間、桐子は机に突っ伏して寝てばかりいた。いや、本当に眠っていたのかはわからない。傍からは寝ているように見える体勢をし続けていただけだ。

そして桐子は、くるみが死んで以来、教室では漫画を開くようになった。

寝ているより起きて漫画を読んでいる方が惨めで、それよりも小説を読んでいる方が恥ずかしい。なぜなら、それは一緒に時間を潰す相手がいないと証明しているようなものだからだ。寝たり漫画を読んだりするのは、まだ、昨日長電話をしすぎて眠いから、授業中に読み始めたんだけどちょうどいいシーンだから、という言い訳が成立する。だが、わざわざ教室という空間ですぐには読み終えられない小説を開くのは、周りを拒絶する――孤立した自分を認める行為のように思えた。

そういう意味では、朝のホームルームが始まるまでの時間に漫画を開いている桐子には、浮く要素はほとんどない。一見すれば、友達から借りた漫画の続きが早く読みたくて早速読み始めた子のようにも見えるし、単に友達がまだ来ていないからとりあえず漫画を読んでいるようにも見える。

だが、問題はその選択だった。

『プロメテウスの鎖　園田ユウ』

桐子の手の中にある漫画は、この春に発売されて以来、新人のデビュー短篇集としては異例のヒットを記録している少女漫画だ。クラスで流行している漫画は僕の趣味には合わないものがほとんどだったけれど、これだけは妹に借りて読んだところ悪くなかった。少し叙情的すぎるきらいはあるが。

『プロメテウスの鎖』には、四つの話が入っている。

ライバルである親友を殺してしまう女の葛藤を描いた表題作、恋人に先立たれた男のその後を描いた「オルフェウスの涙」、家出を目論《もくろ》んでいた少女が両親を喪《うしな》う一日を描いた「ダナエの初恋」、少年が同性への悲恋に悩んで自殺する「月に背いたエンデュミオン」――死にまつわる作品集は、それぞれギリシャ神話にちなんだタイトルがつけられているものの、あくまでもモチーフとして使われているだけで舞台はどれも現代日本だ。

夏休み前からクラスでも回し読みされていたから内容を知っている人も多いし、授業中に読み始めて号泣し、先生に注意された女子は一人や二人じゃない。硬派として知られるバレー部の平野武雄が泣いたという噂まである。

このタイミングで桐子が読んでいれば、内容を知っている人間が「プロメテウスの鎖」を連想しないわけがなかった。僕だって「オルフェウスの涙」と重ね合わせて同情されているのだから。

「あれってさ、どういう気持ちで読んでるのかな」

「つらくないのかなあ」

僕の斜め前から聞こえてきた声は、先ほどの卓球部員のそれと違ってあからさまな悪意は感じられない。純粋に疑問に思ったことを口にしただけなのだろう。だけど、だからこそ僕には重たい言葉に感じられた。

桐子は漫画から顔を上げ、彼女たちの方を振り向いた。彼女たちは、臆したように口をつぐむ。だが、桐子は何も言わずに漫画に向き直った。何事もなかったかのようにまたページをめくり始める。淡々と、一定すぎるペースで。

僕は、桐子がその漫画を読んでいないことに、気づかないわけにはいかなかった。

＊

桐子は、まだ帰ろうとしない。

そして、あろうことか僕は尿意を覚えていた。

——あんなに飲むんじゃなかった。

空になっている紅茶のカップを見下ろし、奥歯を食いしばる。

今、ここで僕が席を外したら桐子はどうするだろう。いきなり日記を持ち去るという暴挙に出るかはわからないが、どちらにせよ内容を確認するだろう。おばさんの前では「勝手には読めない」と言っていたが、何が書かれているかは気になっているはずだ。

「そう言えば」

僕は、腹に力を込めて切り出した。

「今日からオリンピックだっけ。そろそろ開会式が始まる時間だけど見なくていいの?」

「あ」

桐子は、大きく目を見開く。言われるまで忘れていたのか、目に見えてそわそわし始めた。

想像以上の反応に、僕は逆に驚く。

開催地がソウルという日本からほど近い都市であることが原因か、それともオリンピックだというだけで関心を喚起されるものなのか、教室でも何度かその話題ではしゃぐ声を耳にしていた。日本の獲得メダル数の予想や、注目選手、種目についてなど、どれもテレビ番組の受け売りのような話ばかりだったが、それでもクラスメイトの死を受けて重く淀んでいたはずの教室のムードは急速に元に戻っていった。

国中が注目する世界の祭典に、僕は他の大多数の人と同じようには盛り上がることができない。競技の中継が面白くないわけではないし、超人的な技術を見ればすごいとも思う。だけど、それだけだ。日本人が勝つかどうかなんてどうでもいいし、メダルの数にも興味がない。非国民だと言われるかもしれないけれど。

「別に、今日はただの開会式だしね」

桐子はそう言ったが、本心が言葉の通りではないことは簡単に感じ取れた。窓の外を見たところでオリンピックの様子がわかるわけでもないだろうに、腰を上げて首を伸ばしている。スポーツをする人間だからなのか、と考えて思い至った。たしか、今大会から卓球が正式種目として採用されていたはずだ。

「ちなみに卓球は誰が出るんだ?」

「星野美香さん!」

桐子は間髪いれずに答えて目を輝かせる。たじろいだ僕に構わずに「星野さんはすごいんだよ! 関東学生卓球選手権でシングルスでもダブルスでも四連覇したし、全日本学生卓球選手権でもシングルスでは四連覇していてダブルスでも三回も優勝してて」と早口にまくし立て始めた。

どうやら、その選手のファンらしい。卓球部員でもない僕相手にプレースタイルまで語り出したのには呆れたが、そこまで好きな選手なら今日は開会式とはいえ生放送で姿を見たいはずだ。そんなにも気になる人がいるのに帰ろうとしないということが、僕の中の疑念を深くした。

——やはり、桐子は僕が先に帰るのを待って何かをしようと企んでいるのだ。

これは、長期戦になりそうだ。

僕は勢いよく立ち上がった。桐子はびくりと僕を見上げて口をつぐむ。すぐに目元に安堵《あんど》を浮かべたので、「帰るわけじゃないからな、すぐ戻るからな」と念を押した。桐子の顔がさっと曇《くも》る。

僕はくるみの部屋を出た。階段を駆け下り、「トイレ借ります！」と形だけ断りを入れると中に飛び込む。

とにかく急いで用を済ませ、チャックを上げるのももどかしくトイレを後にする。だが、階段に足をかけたところで、後ろから呼び止められた。

「まーくん、ちょうどよかった」

僕を手招きしていたのはおばさんだった。

「お茶のお代わり淹《い》れたの。持って行ってくれない？」

お茶なんかいいから早く戻らせてくれ、と思ったがもちろん口にするわけにはいかない。

「あ、はい」

僕はちらりと階上を見やってから、ぎこちなくうなずいてリビングへと足を踏み入れた。

「ごめんね、ちょっと散らかってるんだけど」

おばさんは早口に言って僕をリビングへと促す。おばさんは昔からそう言っていたが、くるみの家が散らかっているのを見たことは一度もなかった。ダイニングテーブルの上に置いてあるのはいつも綺麗な生花が活けられた花瓶だけで、新聞は今日の分以外は常にきちんと四角い紙袋の中に収められていた。日めくりカレンダーをめくりそびれていることも、部屋の隅に埃《ほこり》が溜まっていることもなかった。僕はひたすら桐子の動向を気にしながらリビングに入り、予想外の光景に息を呑んだ。

リビングは、本当に散らかっていた。おそらく一般家庭からすれば大した散らかり方ではないはずだが、くるみの家だとは思えないほどに雑然としている。一番の原因は、ダイニングテーブルの上に所狭しと広げられた新聞だった。ソファの上にもアルバムとビデオテープが投げ出されている。そう言えば、線香を上げるときにはリビングを経由せずに直接和室に通されたことを思い出す。

「これだけしかないの」

おばさんは、僕に話しかけるというより、まるで本のタイトルでも読み上げるような平坦すぎる口調でつぶやいた。

「どうして、もっと撮っておかなかったのかしら」

おばさんの声色からは感情が読み取れない。けれどそれは色が淡いためではなく、無数の色が重なって限りなく黒に近づいた結果のように思えた。足元から、暗くて深い井戸を覗き込んだときのような悪寒が這い上がってくる。

「くるみは十五年間、たしかに生きてきたはずなのに」

突然、語尾が震えた。泣き出してしまうんじゃないかと身構えたけれど、おばさんはそれ以上は言葉を紡がず、そのがらんどうの目をアルバムへと向ける。

『おばさん、何だか読み終えてしまうのが怖くて読み進めることができなかったの』

数十分前に耳にした言葉が、ふいに脳裏に響いた。それを、桐子にくるみの日記を読ませるための嘘じゃないかと考えたことまでが蘇る。

嘘なんかじゃない、と直感的にわかった。おばさんは、本当に読み進めることができずにいるのだ。読んだら、まだ読んでいない部分が減ってしまう。くるみが遺したものに新しく触れることができなくなっていく。

くるみはもう、二度と日記の続きを書くことがないのだから。

「そうそう、お茶よね」

正面から聞こえてきた声は、妙にあっけらかんとしていた。湿った空気を振り払うために出されたとも思えないほどに、それまでのトーンとはかけ離れている。

小走りでキッチンへと向かうおばさんの後に続くべきか迷った挙句、僕はその場に留まった。足が上手く動かなかった。

テーブルに目を落とすと、たくさんの新聞が視界に飛び込んでくる。開かれている面はどれも社会面ばかりだ。

〈車横転　15歳女子生徒死亡〉

〈33歳会社員、業務上過失致死で逮捕〉

〈国道上で交通死亡事故　9月7日夕方〉

並んだ活字を前に動けずにいると、

「ありがとうね、まーくん。おばさん、実はお茶を運ぶのが苦手で」

お盆を手に戻ってきたおばさんはテーブルへ置こうと腕を伸ばしたが、新聞の山を前に動きを止めた。お盆を一旦サイドボードに載せ、新聞をかき寄せるように無造作にまとめてスペースを作る。

「おばさん、使ってる途中のものを片付けるのも苦手なのよね」

僕の視線に気づいたのかそう自嘲気味につぶやくと、面目なさそうな表情を浮かべた。

「驚いてるでしょう？」

「え？」

「うちがこんなに汚いの初めてだもんね」

「……すみません、急に来ちゃって」

「そうじゃなくてね、おばさん元から片付けが下手なの。今までうちの掃除をしてたのは、くるみ。あの子、ほんと几帳面だから」

僕は目をしばたたかせる。

「え、でも幼稚園のときも……」

「物心がつく前から、何でもきっちり並べるのが好きな子でね。おばさんが出しっぱなしにするとすぐにしまっちゃうのよ。ちゃんと元あった場所に戻すものだから、おばさんたち、この子は天才かもしれない、なんて騒いだりして」

おばさんは、ふふ、と笑みを漏らした。

「結局勉強にはあまり活かされなかったんだけどね。でも、一度ルールを決めたらその通りにしないと気が済まないところがあったの。一回食卓にもらったお花を置いたら、それが枯れてからもお花を欲しがったり。だから自分の部屋も絶対に片付けさせなかったし……まあ、おばさんはお掃除が苦手だからその方が助かったんだけれど」

新聞を一部手に取ると、開くわけでもなくテーブルに戻す。

「一歳の娘さんがいるんですって」

「え?」

唐突に切り替わった話に、僕は思わず訊き返した。けれどおばさんは話題を変えた自覚がないのか、カップを見つめたまま続ける。

「どんな人なんですかって訊いたら弁護士さんが教えてくれたの」

僕はおずおずとうなずいた。弁護士、という響きに、ようやく理解が追いついてくる。おばさんは、くるみを撥ねた運転手の話をしているのだ。

「その人も大変よね。たぶん、懲役刑は免れないんですって……まだ若いし、お子さんも小さいのに」

ため息混じりに言うと、頬杖をついた。

――おばさんも、どう気持ちの整理をつければいいのかわからないのだろう。

その運転手を恨めればいいのに、恨みきることができない。もしかしたら、この十日の間には、運転手を憎んだときもあったのかもしれない。憎まないはずがない。その運転手さえいなければ、くるみは今でもここにいたのだから。

だけど、おばさんは相手にも娘がいることを知ってしまった。娘を喪うことと、娘を、人を殺した人間の子どもにしてしまうことのどちらがよりつらいのか。そんなことは比べようもない。それでも、知らなかった頃の——相手にも家族がいることを想像しなかった頃の気持ちには戻れないのだろう。

だから、おばさんはくるみの事故について書かれた新聞を集め、アルバムやビデオテープを広げ、時間をかけてでも、読み進めるのがつらくても、くるみの日記を読む。そこにあるかもしれない、心の整理をつけるための「何か」を探して。

僕は、もうおばさんと目を合わせることができなかった。

自分はそんな大事なものを持ち去ろうとしているのだという事実が、胸を塞ぐ。——それも、ただ他のクラスメイトに読まれたくないという身勝手な理由だけで。

「お茶、ありがとうございます」

僕はお盆を持ち上げて後ずさり、階段へと向かう。

もう引き留める声は聞こえなかった。

くるみの部屋に戻ったとき、まず確認したのは日記の置かれていた場所だった。僕はお盆を両手で捧げ持ったまま、「あ」と声を漏らす。

日記が、なかった。

「……どこにやったんだよ」

「なにが?」

まさかこの状況でしらばっくれるつもりなのか、桐子は白々しく訊き返してくる。

「何がって、日記に決まってるだろ」

僕がお盆を床に置いて語調を強めると、桐子は妙に芝居がかったしぐさで肩をすくめた。

「さあ」

「とぼけるなよ。桐子しかいないだろ」

「おばさんが来たから渡したの」

「嘘言うなよ。僕はおばさんと下でしゃべってたんだ」

するとさすがに無理がある言い訳だと悟ったのか、「だって」と口を尖らせる。

「須山、くるみに無断で読みそうなんだもん」

「許可を取ろうにも死んでるんだから無理だろうが!」

「ちょっと、怒鳴《どな》らないでよ」

桐子は顔をしかめると、鞄を胸の前に抱き寄せた。僕はすかさず桐子の手元を指さす。

「その中に入ってるのか」

「は? なに言ってるの。入ってないわよ」

答えながらも、桐子は鞄から手を離さなかった。

「だったら中を見せろよ」

「どうしてあんたに見せなきゃならないの」

「やましいものが入ってないなら見せられるはずだろ」

僕は桐子に詰め寄り、鞄をつかんだ。

「なんなのよ、その理屈」

桐子は身をよじるようにして僕の手を振り払う。数秒間のにらみ合いの末、桐子がため息をついた。

「わかったわよ」

鞄のチャックを開けて無造作にひっくり返す。床にぶちまけられた中身に僕は食い入るような視線を向けた。ハンカチ、財布、ヘアゴム、ボールペン——日記は出てこない。

「中で引っかかってるんじゃないのか」

「あんたもしつこいわね」

桐子は呆れた口調でつぶやき、僕に向けて鞄の口を開いてみせた。中には、何もない。

「どう？　これでいい？」

僕の返事を待たずにしゃがみ込むと、床に散らばった持ち物を一つ一つ鞄に詰め込み始めた。

僕は、そのいやにゆったりした動作を見下ろしながら「いいわけないだろ」と低くうめく。

「鞄にはなかったってだけで、日記を隠したことには変わりないじゃないか」

「じゃあ、日記が出てきても勝手に読んだりしない？」

桐子はボールペンをつかんだ手を止め、僕をにらんだ。答えに窮した僕に向けて続ける。

「ほら、読むんでしょ。やめなさいよ、おばさんはともかく、須山には人の日記を勝手に読む権利なんてないんだから」

「桐子にはあるのかよ」

「あたしは読むつもりなんてないもの」

桐子は飄々《ひょうひょう》と言って鞄のチャックを閉める。

「考えてもみてよ。自分が死んだとき、勝手にクラスメイトに日記を読まれたらどんな気持ちがする？　嫌でしょ？」

僕は腹の奥がざわつくのを感じた。同い年の相手に教え諭《さと》されるということが、しかもそれに言い返せないことが、これほど不愉快なことだとは思わなかった。ぎゅっと眉根が寄る。本当に、桐子はそんな理由でここに居続けたというのか。くるみのために？

ありえない、と僕は考えを打ち消した。

——桐子は、笑ったんだ。

くるみの日記を読んだというのに。そこには〈トコちゃんみたいになりたい〉と、〈自慢の親友〉だとさえ書いてあったというのに。

桐子は、黙り込んだ僕に構わず、ベッドに立てかけてあった紙袋をつかんで立ち上がる。

「じゃあ、また来週学校でね」

「ちょっと待てよ！」

僕の脇を通り抜けた桐子は、首だけで振り向いた。心底迷惑そうに「なによ、まだなにかあるの？」と声を尖らせる。

「まだも何も、話は全然終わってない」

「あたしはもう話すことなんか……」

「日記を持って帰ろうとしてるんだろ」

僕は、桐子を遮った。

「くるみが八月から日記を書いていたんなら、おまえと喧嘩した話だって当然書いてあるはずだ。おまえはそれをおばさんに読まれたくなかった。せめておばさんには最後まで親友のままだったと思われたかったから。だから持ち去ることにした。違うか？」

ひと息に言うと、やはりそれは間違いのない事実に思えた。だが、桐子はふんと鼻を鳴らす。

「持ち去るって、そんなことしてもおばさんにどこにやったのか訊かれるだけじゃない」

「だから僕が先に帰るのを待ってたんだろ。僕に罪を着せるために」

桐子は、ゆっくりと、今度こそ身体ごと振り返った。頭半分ほどしか背丈が変わらない僕の目をじっと見据える。

「須山は、あたしに罪を着せるつもりだったの？」

僕は小さく息を呑み、それが肯定を表してしまったことに遅れて気づいた。桐子は「まあ、そんなことだろうと思ってたけど」とつけ加え、威圧するような勢いで部屋の奥へと戻る。

「やっぱり、ここに日記を残して帰るのは危険ね」

澄ました声で言ったかと思うと押し入れの前まで歩を進め、無造作に扉を開けた。僕は、目をみはる。衣装ケースの上に置かれていたノートは、たしかにくるみの日記だった。

「これはあたしからおばさんに返しておくから」

——本当に、日記が目的じゃなかったのか。

驚きに思考がついていかない。だとすれば、桐子は何のためにこの場にとどまっていたというのか。

だが、次の瞬間、僕の目は桐子の手に提げられた紙袋に吸い寄せられていた。A4サイズほどの和菓子の袋。折り畳むか丸めるかしてしまえば鞄に入る大きさだ。なのに、どうして桐子はわざわざ手から提げているのだろう。それに、紙袋はしっかりと四角い形を保っている。ということはつまり、中には何かが入っているということじゃないか？

視界から、紙袋が消えた。

桐子が身体の後ろに隠したのだとわかった途端、これだ、という思いがこみ上げてくる。

「それ、何が入ってるんだ？」

「別にこれは……あんたには関係ないでしょ」

桐子は、明らかに動揺していた。僕の頭の中で警鐘が鳴る。紙袋に入っているものが何かはわからない。だが、桐子の目的はこれだというのはもはや推測ではなく確信に近かった。

桐子は、これを手に入れるために僕が席を外すタイミングを待っていたし、これが手に入ったからこそ、さっさと帰ろうとしているのだ。

僕は、衣装ケースの上の日記を見下ろした。

——考えてみれば、この日記はくるみが弟と張り合うために書いたものだ。だとすれば、弟に中身を見せろとせがまれることも充分にありえる。くるみが、そんな日記の中に生々しい心情を吐露したりするだろうか。

もし、この日記がダミーで、他に本当の日記があるのだとしたら。

そんな面倒くさいことをするはずがない、という思いと、ありえないことではない、という思いが瞬時にせめぎ合った。

「これは、くるみに貸していたものを返してもらっただけだから」

紙袋を抱きかかえた桐子は、僕が重ねて追及したわけでもないのにきっぱりと言い張る。そのことで、揺れていた思考は「怪しい」という方向に振りきれた。

「何を貸していたんだ?」

「……なんだっていいでしょ」

桐子は動揺を隠そうとするように、ぶっきらぼうに言って顔を背けた。


僕は、改めてくるみの部屋に向き直る。

——桐子は、この部屋のどこから何を持ち出したというのだろう。

クリーム色のカーテン、白っぽい木でできたシングルベッド、両手を広げたほどの幅の茶色い本棚、見覚えのある子ども用の学習机からはキャラクターのシールやイラストが剝《は》がされており、代わりに大きなラジカセが載せられている。

その光景は、僕が席を外す前と何ら変わらないように見える。

壁にかけられたままの夏服も、まるでチェックインしたばかりのホテルのように整えられたタオルケットも——さっきまで使っていたティーカップと皿までがそのままだ。

帰ろうとしていたはずの桐子は部屋の入口でそわそわしている。

——ということはつまり、見られて困るものがまだ部屋の中にあるということだ。

それは、持ち去ったものがわかる痕跡なのか、あるいは、紙袋に入らずに持ちきれなかった残りなのか。

僕は口元に手を当て、まずは机に歩み寄った。引き出しに手をかけるが、桐子は何の反応も示さない。試しに本棚へと歩を進めてみたら、桐子は今度はわかりやすく息を呑んだ。

——こっちか。

本棚をざっと確認すると、上二段にはCDが、その下の四段には文庫本や漫画、ハードカバーが、きっちりとサイズ順に並んで収められているのがわかった。一見して他のものが入る余地はないように見える。

それでもひとまず、CDの段を見据えた。

『足達陽子　風のない季節』『足達陽子　ミッシング』『宇梶りみ　ワンダーランドラプソディ』『KASAFA　LOOSER』『Coko　未来』『サーカス・オブ・フォレスト　明日の森』

――五十音順で並べられているところがくるみらしい。僕はＫＡＳＡＦＡのＣＤに指をかけ、引き抜きかけたところで手を止めた。それ以上動かなかったからだ。

ＣＤはぴっちりと、隙間なく詰められていた。どうやって入れたのか不思議になるほどに。引き出した分を戻そうとすると、プラスチックが軋む音がした。僕は左手で隣のケースを押さえ、ゆっくりと押し込んでいく。

――何で、こんなに詰め込んだんだよ。

入りきらないのなら下の段に入れればいいだろうに、と下の段を見ると、下の段もぴっしりだった。僕は、息を吐く。おそらく、ＣＤは一枚も減っていない。空いている上のスペースに横にして入れていた、ということはくるみの性格上考えにくいし、第一そうしたルールならここまでぎちぎちに詰め込んでいないはずだ。

僕は、そのまま本棚の下へと視線をスライドさせた。

三段目は文庫本、意外にも時代小説が中心のようだ。『宇都美太郎　新釈・新撰組』『宇都美太郎　新釈・三国志』がそれぞれ五巻ずつのあとに、パラパラと現代ものらしいタイトルが並んでいる。ＣＤと同様に、隙間はほとんどない。

僕は床に膝をつき、少し奥まった四段目を覗き込んだ。ここは漫画で揃えられているようだ。『綾野鳴　いっせーっの！』『綾野鳴　ＬＯＶＥ・Aga・in！』、それから『桜島りこ　ひみつの』が一から三巻まで、『立川凪美　ブーゲンビリア』が七巻分並んでいる。やはり、ここにも隙間はない。

僕は五段目へと顔を向けた。ハードカバーが三分の二を、大型本が残りの三分の一を占め、数冊が棚板からはみ出している。

『伊村源氏　七つ目の掟』『嬉野かおり　ENTER』『嬉野かおり　雨の声』『鴻巣一　今すぐできる！　今日があなたの短歌記念日』『篠村福太郎　勝つための心』『瀬川美絵子　あの恋をもう一度』――サイズと著者名順を優先したためか、小説と実用書が交じっている。だが、どちらにしろ端から端まで埋まっていることには変わりない。

僕は、五段目へと手を伸ばす。だが、『篠村福太郎　勝つための心』に指先が触れた瞬間、

「あ！」

桐子が叫び声を上げた。

「何だよ」

桐子は、痛々しいほどに、あからさまに目が泳いでいる。これじゃあ、本棚に何かあると言っているようなものだ。

「……勝手に、人の物に触らない方がいいんじゃないの」

上ずった声で言う桐子を無視して『篠村福太郎　勝つための心』にもう一度指を伸ばす。棚板からはみ出している背をつかんだ瞬間、脳裏に微かな光が閃《ひらめ》いた。

――どうして棚板からはみ出しているんだろう。

本棚は、倒れにくいように下の段になるにつれて奥行きを増している。四段目の漫画が覗き込まなければ見られないほど奥にあったのだから、ハードカバーでも普通に入れれば棚板ぎり

ぎりまではせり出さないはずだ。

僕は、低くつぶやいた。

「ここか」

桐子の目が大きく見開かれる。「なんで」と言いかけて、慌てて口をつぐんだ。――こいつ、つくづく隠し事ができないタイプだな。僕は脱力する。

「この五段目の奥に何かあるのか？」

桐子は答えなかったが、それはほとんど肯定を意味していた。僕は考えを整理してからひと息に言う。

「この五段目の並びには不自然な点があるんだよ。くるみは、まず著者名で並べて、そのあとにタイトルを五十音順にしている。『ＫＡＳＡＦＡ』『Ｃｏｋｏ』みたいなアルファベットも読みから五十音順を決めてるんだ。なのに、『嬉野かおり　ＥＮＴＥＲ』と『嬉野かおり　雨の声』の並びが逆になっている」

うつむいた桐子の肩がぴくりと揺れた。

「手前の列を一度全部出して奥のものを抜き取ったんだろ。だけど戻すときにそこまで細かいルールがあるとは思わなかったから間違えて並べてしまったんじゃないか」

桐子は紙袋を抱きしめる腕に力を込める。

「この後ろの段にあったものを紙袋に入るだけ詰めて――入りきらなかった分は、とりあえずそのまま奥に残しておいた。違うか？」

僕は桐子の答えを待たずに、前列を鷲づかみにして、引き抜いた。できたスペースに空いている左手を差し入れた途端、桐子が僕の腕に飛びかかってきた。

「ちょっと、やめてよ！」

だが、ひと足遅かった。僕の手は、既に奥の列のものをつかんでいたからだ。

「あ」

それは、僕の手から床へと散らばった。


『真新釈・三国志　周瑜♡曹操』

『キャプテン輝　トライアングル・ヘッドスクリュー――輝♡裕司♡剛』

『ぼくと彼の池田屋事件』


沈黙が、落ちた。

それが、どういう種類の本なのかはわからない。だが、目の前にある表紙が、どこか特殊な空気を発していることだけはわかった。妙に顔が整っていて互いの距離が近い周瑜と曹操、人気漫画『キャプテン輝』のキャラクターが三角の線で結ばれたイラスト、池田屋事件と題された本では、なぜかたすき姿の男がもう一人の男の襟元をはだけさせている。

「これは……」

「誰かにしゃべったら殺すから」

桐子が、低く唸った。

「殺すって、おまえはやめてって何度言えばわかるの！」

「おまえ……」

桐子は金切り声を上げて床に散らばった本をかき集める。膝立ちのまま動けないでいる僕の前で、既に口まで詰まっている紙袋にぎゅうぎゅうと押し込んでいく。

「別に盗んでるわけじゃないからね」

僕を押しのけて五段目の前列を取り払うと、残っていた数冊も紙袋へと無理やり詰める。すると、ビリッ、という大きな音がして、紙袋の底が破けた。

「あ」

声を合わせた僕らの前で、本が雪崩《なだれ》を起こし床に広がる。その中で、視界に飛び込んできたのは鎖にがんじがらめにされた裸の男二人のイラストだった。

『月に背いたエンデュミオン～恋の鎖～』

見覚えのあるタイトルだが、それが作者本人によって描かれた絵ではないことはひと目でわかる。もはや何とコメントすればいいのかわからず、僕はとりあえず純粋に浮かんだ疑問を口にした。

「……こういうのって、どこで売ってるんだ？」

桐子は、もう慌てて片付けても意味がないと悟ったのか、紙袋が破けて途方に暮れているのか、ぺたりと座り込んだまま宙を見つめている。

「コミケ」

「コミケ?」

「コミックマーケット」

桐子は言い直したが、どちらにしても知らない単語だ。桐子は背中を丸めて漫画に視線を落とした。

「毎年お盆に東京でやるイベントよ。だけどあたしたちは部活で参加できなかったから今年はコミケに行った同人誌仲間に買ってもらって、それを転売してもらうことにしてたの」

「同人誌仲間?」

「本当は、九月四日にはその人が九州から来るから二人で会うことになってたの。喧嘩しちゃったから一緒に行けなくなっちゃったけど」

桐子は、『月に背いたエンデュミオン~恋の鎖~』をゆっくりと拾い上げた。

「前から約束してたの。どっちかが急に死ぬようなことがあったら、絶対に親にも見つからないうちに回収しようって」

僕は、ぎこちなくうなずくことしかできない。

——男にとってのエロ本のようなものだろうか。

気持ちはわからないでもない。実際、これをおばさんが見つけていたら、かなり気まずいことになっていただろう。と言っても、くるみ自身は既にいないのだから、気まずいも何もないが。

だけど、桐子は約束を守ったのだ。そんな、守る必要があるのかもわからない口約束を。

「だったら」という声が喉に絡んだ。僕は、咳《せき》払いをしてから言い直す。

「だったら、何でさっき笑ったりしたんだ」

「さっき?」

「おばさんが来て、くるみの日記を読ませようとしたあと」

そうだ。だからこそ、僕は桐子がおかしいと思ったのだ。けれど、桐子はふて腐れた口調で答えた。

「……足が痺れたから」

「え?」

僕は訊き返したが、桐子はもう繰り返さなかった。僕は、桐子の言葉を頭の中で反芻《はんすう》する。足が痺れたから——唇を引きしめたあと、こらえきれないというように再び笑みを漏らした桐子。床に手をついて顔を伏せた姿——

全身から力が抜けていくのを感じた。

『トコちゃん、ただ——痺れただけなんじゃないかなあ』

脳裏で響いたのは、くるみの言葉だった。九月四日、薄汚れた公園のベンチでくるみがうつむいたまま言った言葉。けれど僕はあのとき、きちんと聞き取ることができなかった。

『え?』

『ほら、わたしが負けた試合のときお母さんがビデオ撮ってくれてたでしょう? あれを見たら、トコちゃん正座してたから』

そう言い添えられてもなお意味がつかめなかったが、苦笑するくるみの横顔に、もう桐子への怒りや失望や悲しみがないことだけはわかった。僕は何となく拍子抜けした思いで蚊に刺された腕をボリボリと掻いた。

——あのとき、もしくるみが「足が痺れただけなんじゃないか」と言っていたんだとすれば。

『まあ何でもいいけど、怒ってるわけじゃないなら何でさっさと仲直りしないんだ？』

『なんか、こうなっちゃうと言い出しにくくって』

くるみはバツが悪そうに言ったが、二人が仲直りするのは時間の問題のように思えた。何か一つきっかけがあれば、二人はそれを笑い話にすることができただろう。

だが、そうなる前に、くるみは死んでしまった。

「それより、本当に誰かにしゃべったりしないわよね？」

「ああ」

僕がうなずいても桐子の疑わしげな視線は変わらない。僕はため息をついた。

「僕が誰に話すっていうんだよ」

「それはそうだけど……」

桐子はあっさりと納得したが、それはそれでむなしい。

「そうだけど、何だよ」

じろりとにらむ真似をすると、桐子は「だって」と口を尖らせた。幼い印象の表情に、これを「ぶりっ子」だと評していた女子もいたなと思い出す。それも、くるみが死んだ後のことだったが。

だが、次に桐子が放ったひと言で、僕は固まった。

「須山って嘘つきじゃない」

血の気が引いていく。どうして、何を、いつの間に——僕は混乱を悟られないように桐子から顔を背けた。否定しなければならない。いや、それより前に嘘って何だよと言い返さなければならない。違う、本当にやましいところがない人間なら、怒るよりぽかんとするはずだ。回らない頭で取るべき態度を考えるが、どういう表情をして、何を言うのがふさわしいのかがわからない。

結局、僕の口からこぼれるように出てきたのは「何で」という言葉だった。

桐子は「これ」と言って、手にしていた『月に背いたエンデュミオン〜恋の鎖〜』を掲げる。

「この同人誌は『プロメテウスの鎖』っていう漫画が元になってるの。知らない？　クラスでも流行ってるはずだけど」

僕は声が出せずに、ただうなずいた。桐子も短く顎を引く。

「『プロメテウスの鎖』は今年の春に発売されたの」

桐子はそこで言葉を止めると、あられもない表紙を伏せて最後のページを開いた。

「この同人誌が発行されたのは今年の夏のコミケ——なのに、くるみはこれを持ってた。郵便で取り寄せる方法は家族に見つかる心配があるからくるみが使ったはずがないし、だったら四日には私とは別のタイミングで九州から来た同人誌仲間と会ってたってことになる。同じ日に稲毛ファミリーランドには行けたはずがないの」

僕はもう、うなずくことすらできなかった。

――僕は、桐子に日記を読まれたくなかった。

だけどそれは、告白の内容を知られたくなかったんじゃない。告白していなかったことを知られたくなかったのだ。

僕とくるみは、つき合ってなどいなかった。偶然家の近くで会えば立ち話をすることはあっても、家に上がったり、予定を合わせてどこかに行ったりするようなことはなかった。

くるみと稲毛ファミリーランドに行った事実なんて、どこにもない。キーホルダーは妹からもらっただけ、絶対つけろと言われたこともなかった。わざわざ学校につけて行ったのは、そうすれば恋愛話が好きな隣の席の女子が尋ねてくるだろうと予想できたからだ。誰と行ったんだと訊かれれば「くるみ」と答えられる。そうすれば、つき合っていたんだと思ってもらえる。

――「恋人に死なれた男」になることができる。

その免罪符さえあれば、誰もが僕を許してくれた。ノリが悪くても、上手くしゃべれなくても、友達がいなくても、暗くても――誰も、もう僕を笑わなかった。くるみが死んだことで、そしてそのくるみの恋人だったという――誰も否定しようがない嘘をつくことで、僕のクラスでの地位は上がったのだ。

だから僕は、くるみが怒っていなかったことを桐子に伝えなかった。くるみが死んで、それを伝えられるのが僕しかいないとわかっていながらも、そうすれば桐子へのクラスの評価が変わることを知っていても、言わなかった。

——「親友に死なれた子」がいない方が、「恋人に死なれた男」が際立つから。

ただ、それだけのために。

僕は、漫画の主人公を取り巻くような煌《きらめ》いた世界が、映画のセットのように儚《はかな》く崩れていくのを感じた。僕は、この物語の主役ではないのだ。

僕がこの家に来たのはくるみを弔《とむら》う思いからではない。恋人なら線香くらい上げに行くだろうという判断があったからだ。

僕には、いつだって状況を分析する余裕があった。それは、僕だけが部外者だったからだ。

僕は、既にくるみの幼なじみですらなかった。幼い頃、幼なじみだっただけのクラスメイト。

僕らの本当の関係はそれ以上でも以下でもなかった。

だからこそ、僕は桐子やおばさんを冷静に利己的に観察することができた。今まで、クラスの外側からクラスメイトたちを観察し続けてきたように。

僕はゆっくりと唇を開く。

「くるみは、気づいてたんじゃないかな」

え、と訊き返してくる桐子の声が微かにぶれて聞こえた。

「四日、稲毛ファミリーランドに行ったっていうのは嘘だけど、その日に話をしたのは本当なんだ。近所の公園のベンチにいるのを見つけて、声をかけた」

思えば僕は、あの頃からくるみに興味があったのだ。「親友」に裏切られたくるみが内心にどんな感情を抱えているのかを、つまみ食いをするように観察したいと思っていた。青春や悲劇が描かれた漫画のページを片手でめくっていくように、高みの見物をきめこんで。

「そのとき、くるみが言ってた。『トコちゃん、ただ足が痺れただけなんじゃないかな』って」

たしかにそうと聞こえたわけではなかったけれど、僕は言いきった。目をかたくつむって身構える。だったらどうしてもっと早くそう言わないのと責められたら、答える言葉もない。

だが、いつまで経っても、僕を罵倒《ばとう》する声は聞こえてこなかった。

代わりに隣から聞こえてきたのは、ひ、と息を吸い込む音だった。僕は反射的にまぶたを持ち上げ、桐子を見る。人はこんなにも無防備に泣き始めるのかと、僕はこんなときにも、ただ隣で分析することしかできない。

人目もはばからずに泣くことができる桐子を、そうして泣いてもらえるくるみを——僕は生まれて初めて、うらやましいのだと自覚した。

答えない子ども

パシャ、という電子音が耳に届いたときには、既に自分が失敗したことを悟っていた。

——また、やり直し。

深くため息をつき、重たく感じられる右手をパタパタと振る。強張った指先をほぐすつもりでしたはずなのに、携帯を握り込んだままだったからか余計に疲れが増した気がした。

それでも、もう一度顔の前で携帯を構える。画面上に表示された黒い枠に画用紙の縁がぴったり収まるよう、ほんの少し左へとスライドさせ、震える人差し指をカメラマークに乗せ——

「あれ、直香?」

次の瞬間、背後から聞こえた声に肩がビクリと揺れた。シャッター音が一拍遅れて聞こえ、たった今撮ったばかりの写真が画面に表示される。せっかく真っ直ぐ完璧に枠内に収まっていたはずの画用紙は、ひどく曲がってはみ出してしまっていた。

「何だ、起きてたんだ」

続けられた声に勢いよく振り返る。

「ちょっと、いきなり話しかけないでよ」

「いきなりって……ああ」

雅之は微かに目を丸くしたものの、私の手元を見ると得心がいったような声を出した。

「邪魔したか、ごめん」

「……私こそ」

私はうつむいて身を縮めた。本当のところ、玄関のドアが開く音や「ただいま」という雅之の声が聞こえていなかったわけではない。それなのに「おかえりなさい」と返すこともなく携帯で写真を撮り続けていたのだから、謝るのは私の方なのだ。

けれど雅之は気を悪くした様子もなく、カメラのレンズが向けられた先に顔を向けると眩しそうに目を細める。

「恵莉那、今日も描いたんだな」

壁紙の木目模様に沿って両面テープで固定された画用紙は、娘が昼間に描き上げた絵だった。画用紙の真ん中にぽつんと置かれた深緑色のソファ、その上に並んで座ったウサギとアルパカのぬいぐるみ——クレヨンで引かれた線のタッチにこそ幼さが残るものの、ひと目でウサギとアルパカの区別がつく正確な描写力といい、アルパカのクリーム色を白と黄色と肌色を塗り重ねて表現しているところといい、四歳児が描いた絵とはとても思えない。

そう口にすると、雅之はふっと短く息を漏らした。

「出た、親バカ」

「だって」

「でも僕もそう思う」

共犯めいた笑みを浮かべ、手慣れたしぐさでネクタイを緩める。リビングとスライド式のドアでつながった六畳ほどの子ども部屋を覗き込んだ。

「お、まだ描いてるんだ」

「そう、今日二枚目」

恵莉那は父親が帰ってきたことにも気づいていないのか、ミニテーブルに向かって前のめりに正座し、画用紙に顔を近づけてひたすらクレヨンを動かしている。雅之は手早くワイシャツを脱ぐと、娘に話しかけるわけでもなく、絵を見に行くわけでもなく洗面所へと向かった。

それは、娘に興味がないからではない。恵莉那が私に似て、始めたことを途中でやめるのが苦手なのを知っているからだ。

私は、手の中の携帯を見下ろし、雅之の夕飯のしたくをするか撮影を再開するか迷った。早くキッチンに行かなくてはという思いとは裏腹に、足がその場から動かない。

——一枚なんだし、さっさと撮っちゃってからしたくをすれば。

携帯を構え直したところで、紺色のスウェットの上下に着替えた雅之が戻ってきた。何も言わないままキッチンへ入り、フライパンをコンロの火にかける。

「あ、今したくするから」

「いいよ途中なんだろ？　適当に温めて食っちゃうし」

まだ温まっていない蓮根《れんこん》のはさみ揚げを指でつまみ上げると、口へ放り込んだ。うまいなこれ、と小さくつぶやいて炊飯器の蓋を開ける。

「ありがとう。ごめんね、もうすぐ終わるから」

私は早口に言って恵莉那の絵に向き直った。再び携帯の位置を調整していく。パシャ――また、ずれた。大きくため息をつくと、

「どうした？」

雅之が茶碗と缶ビールをダイニングテーブルに置きながら、私の方へ身を乗り出した。

「何か問題？」

「ううん……ただ、上手く撮れなくて」

私は雅之に向けて携帯を掲げる。雅之は腕を伸ばして受け取り、首を傾げた。

「そう？　上手く撮れてると思うけど」

「ちょっと曲がっちゃってるじゃない」

「こっちは真っ直ぐ撮れてるよ」

二回前に撮った写真を画面に表示する。

「ダメ、この端に壁が写っちゃってる」

私がすかさず指し示すと、「んー」と小さくうなった。

「そうか？」

「こんなんじゃ全然ダメなんだって！」

つい声が大きくなってしまって、自分でも、何でこんなに不器用なんだろうと嫌になる。娘

の絵を写真に撮る。ただそれだけのことに何分かけているというのか。下手なら下手で、まあこのくらいでいいかと程々のところで妥協すればいいのにそれもできない。私は恵莉那の方を見やり、声のトーンを落として続けた。

「せっかく恵莉那が頑張って描いたんだから」

「なるほど」

納得しているのかいないのか、雅之はフラットな声でうなずく。

「じゃあ、スキャニングしたら？　その方が綺麗に画像データにできるよ」

「うちのプリンタじゃA4までしか入らないじゃない」

「白い部分は裏に折り込んじゃえば？　絵の部分だけ入ればいいんだから」

「え？」

私は雅之を凝視した。

「それ、恵莉那の作品を折るってこと？」

雅之は虚をつかれたように目をしばたたかせてから、ああ、と気が抜けた声を出す。

「まずいか」

「それに余白も作品の一部じゃない？　画面いっぱいじゃなくて、こうやってソファが真ん中にぽつんと描かれているところも大事っていうか……」

「そしたら」

雅之は途中で言葉を止め、「あれ」と目をしばたたかせた。

だ。

「そう言えば、三脚は？　前は三脚使って撮ってなかったっけ」

今になって思い出したというように、きょろきょろと部屋を見回す。私はため息を呑み込んだ。

「……三脚は、今ソウくんママに貸してるの」

「ああ、そうなんだ。なら返してもらってからまとめて撮ったら？」

雅之は話の落とし所を見つけてホッとしたように頰を緩めた。そうすればいいだけの話なんだろう、と私も思う。だけど、うなずけなかった。

そもそも、恵莉那の描いた絵を写真に撮り始めたのは、テレビのドキュメンタリー番組で、火事に遭った家の母親が『子どもの写真も、初めて描いた絵も、母の日にくれた手紙も全部燃えてしまって……』と声を詰まらせているのを観たからだ。自分の家が火事に遭うところを想像したわけではなかったが、それでも全部が燃えてしまうという響きには恐ろしいものを感じた。恵莉那の写真は以前からこまめにバックアップをとるようにしてきたが、絵や手紙は現物を残しておけばいいかとそのままにしていた。でも、恵莉那が描いた絵も、なくなってしまったらもう二度と戻らないのだ。

描き終わったその日に写真に撮ってデータをフリーメールアドレスに送っておけば、たとえ何かあって現物が失われてしまっても、恵莉那が描いた記録を残しておくことができる。そう気づいてすぐ、とっておいた恵莉那の過去の作品をすべて引っ張り出し、最初の一枚から写真に収めた。恵莉那は自分の二歳の頃の作品を見ると、『へただよ』と恥ずかしそうにしていたけれど、『二歳の子が描いたなんて思えないよ』と言うと満更でもなさそうに笑っていた。

雅之の言う通り、今までは三脚を使ってきたのだし、これからもそうすればいいのだろう。けれど、三脚が戻ってきたらまとめて撮ろうと思っていて、もしその前に何かあって作品が失われてしまったら、自分は絶対に後悔する。

――こんなことなら、三脚を貸したりするんじゃなかった。

幼稚園の運動会が終わったらその日の内に返す、と言うから貸したのに、もう三日経つのに返してくれない。大雑把《おおざっぱ》な人だということはわかっていたけれど、約束くらいは守ってくれるだろうと思っていた。いや、本当は手放しで信じていたわけでもなかったのだ。それなのに貸したくないと言えなかったのは、彼女がわざわざ私のマンションまで来て頼んできたからだ。

ママ友の集まりにも必ずつけまつげをつけてくるソウくんママの顔が浮かんだ。彼女のことだから、私が貸さなければ他のママに頼むはずだ。そうすれば、三脚なんて減るものでもないものを貸し渋ったことが他のママにも知られてしまう。

――明日こそ、返してもらわないと。

私は、べたついた息を吐き出す。

「……私、神経質すぎるかな」

「そんなことないよ」

雅之の答えが瞬時に返ってきて、こうやって否定されたいがために神経質という強い単語を使ったのだと気づいた。「神経質な母親」だと思われたくない。「おおらかなママ」でいたい。

噛みしめるように願った途端、脳裏に冷えた声が蘇ってしまう。

——そんなにママが神経質だと、恵莉那ちゃんがかわいそうだよ。

「直香は、いいお母さんだと思うよ」

雅之は、ゆっくりと説き伏せるような口調で続けた。

「自分が描いた絵をこんなに大切に写真に撮ってもらって、嬉しくないはずがない」

ありがとう、とだけ答えると、雅之はおどけたしぐさで肩をすくめる。

「本当は、ここで僕が撮るから貸せよって言えればかっこいいんだろうけど」

「あ、ううん、それはいい」

「だよなあ」

雅之が眉尻を下げて苦笑した。

「僕が撮るくらいなら恵莉那が撮った方がたぶんましだ」

「さすがに四歳児よりは上手く撮れるんじゃない?」

「それはどうかな」

ニヤリと口角を持ち上げると、「恵莉那には半分直香の血が流れてるからな」とつけ加える。

私はもう否定しなかった。実際、雅之が撮る写真のほとんどは手ブレしているし、焦点が合っていない。オートフォーカス機能がついているカメラでどうしてこんな写真が撮れるのかと不思議になるほどだ。

二人揃って、子ども部屋を見やる。恵莉那の上体は前に大きく傾いていた。

「恵莉那、そろそろ寝るか」

雅之は言いながら席を立ち、子ども部屋へと向かう。恵莉那は数秒の間を置いてから、ふるふると首を横に振った。

「やだ、まだやる」

そう言いながらも両目をしきりにこすっている。私は雅之と顔を見合わせ、どちらからともなく、笑みをこぼす。雅之が恵莉那の頭に手のひらを置いた。

「恵莉那は集中力がすごいな」

「シウチウリョク……?」

恵莉那は不思議そうに首を傾げる。その声にもはっきりと眠気が滲んでいる。

「かっこいいってことだよ」

雅之が答えた途端、恵莉那はがくんと首を折った。慌てて背筋を伸ばすものの、すぐにまた船を漕いでしまう。雅之が両脇に手を入れて抱き上げると一瞬だけ薄目を開けたが、肩に頭を乗せると同時に全身から力を抜いた。よほど眠かったらしい。

雅之は私を見て、口元を緩めた。

「やっぱり直香の血筋だな」


ソウくんママと知り合ったのは、〈アトリエえふ〉だった。

〈アトリエえふ〉は、藤沢宇一という画家が自宅を改装したアトリエを使って開講している小さな絵画教室だ。ホームページはないし、表立って生徒の募集もしていないが、五名という定員は常にいっぱいだった。

感性と創造力が磨かれる、とか、一人ひとりの個性を伸ばす、とか、自分で考えて行動できる子に、とかいった胸に響くような言葉を前面に押し出して生徒を募集している絵画教室は他にもたくさんある。そういった教室はホームページも充実しているし、体験教室に行けば綺麗でオシャレなアトリエで子どもの扱いに慣れた優しい先生が楽しく丁寧に教えてくれる。

だが、〈アトリエえふ〉は別格だった。

〈えふ〉に通っていた子が絵画コンクールを総ナメした、現役合格は難しいとされている東京藝術大学に〈えふ〉の卒業生は何人もストレートで入学している、大ヒット漫画家である園田ユウは〈えふ〉の初期の頃の卒業生らしい――恵莉那が産まれてすぐの頃から参加してきた子育てサークルでまことしやかに囁《ささや》かれているそれらの噂が、どこまで真実なのかはわからない。藤沢先生本人に訊いても「卒業生の進路についてはよく知らないし答えられない」と興味がなさそうに言われるだけだし、インターネットで〈園田ユウ　アトリエえふ〉〈アトリエえふ卒業生〉などとキーワードを変えて検索しても確からしいことは出てこなかった。

けれど、子どもを将来芸術方面に進ませたいなら〈えふ〉に入れるといい、というのは、この辺りの教育熱心なママたちなら一度は聞いたことがある「定説」だった。

ねえ、習い事とか、どうするか考えてる？

やっぱり水泳とピアノかなあ。

うちはお絵かき教室に行かせようかと思って。

あ、〈アトリエえふ〉とか？

やだ、違う違う。もっと普通のところだって。

そんな具合に、相手の熱心さの度合をはかる試金石に使われる単語が〈アトリエえふ〉だ。

〈アトリエえふ〉は三歳から小学校就学前の子どもしか受け入れていない。今まで他の絵画教室に通ったことがある子も門前払いで、定員は五名なのにキャンセル待ちをすることもできず、問い合わせの電話をかけた時点で空きがあれば入れるというだけのシンプルで不親切なシステムだ。どうしても子どもを入れたくて藤沢先生の携帯に毎日のようにかけた挙句、着信拒否にされた人がいたらしいという噂もあるほどで、〈アトリエえふ〉に入れるには既に通っている子の保護者とつながりを持ち、やめる子や小学校に上がる子がいないか情報を集めるのが一番確実だった。

現在、〈アトリエえふ〉に通っている五人の子どもの内、四人がその方法で入ったし、恵莉那ももちろんそうだ。

唯一の例外が、ソウくんだった。

『へえ、そんな教室だったんだ。うちは、家がこのすぐそばだからさ、看板見て、創平がやりたいって言うから訊いてみたらちょうど空いてただけなんだよね』

とぼけた口調で言ったソウくんママのことを、当然、他のママたちはよく思わなかった。と言っても、面と向かって何かを言ったりはっきりとした陰口を叩いたりはしない。みんないい大人なのだし、子どもの目もある。苦笑気味に愚痴り合うだけだ。苦労して入れた私たちがバカみたいだよねー。ほんとうらやましい。しかもソウくんまだ四歳でしょ？　うちなんか、せっかく入れたけどもう六歳だからあと半年しかいられないし。わかるーうちの子ももっと早く入れられてたらなあ。

週に一回の〈アトリエえふ〉の日も、他の子のママは始まる三十分前には来て準備をさせているのにソウくんママはいつもギリギリだ。今日も始まる直前に飛び込んできてソウくんを教室に入れるなり帰ろうとしたので、慌ててつかまえて三脚のことを切り出すと、

「やっべ、ごめん忘れてた！」

と、教室内の子どもたちが揃って振り向くほど大きな声で言った。顎の先で揃えられた明るい茶色のショートボブ、タイトなTシャツとホットパンツ、柄タイツに覆われた細身の体型は、隣にソウくんがいなければとても経産婦には見えない。

「やっべ、やっべ！」

ソウくんが真似してはしゃぎ出した。トレーナーの裾についたひもを全力で引っ張ると、前身頃に描かれた戦隊モノのキャラクターが福笑いのように歪む。

「バカ、ふざけてる場合じゃないっつうの！　ごめん、お迎えに来るときに持ってくるんでもいい？」

ソウくんママは前半を息子に、後半を私に向かって言った。バカ、という響きに、私は言葉

を失う。恵莉那も唖然としていた。日頃、恵莉那には汚い言葉は使ってはいけないと教えている。「バカ」なんてもっての外だ。それを大人が目の前で使ったのだから、恵莉那が混乱するのも無理はなかった。恵莉那に目配せをしてみせてから、ソウくんママに向き直る。

「急かしちゃってごめんね。ちょっと使う予定があって」

「ううん、あたしが悪いんだって！　あーほんとごめん、あたし抜けてっからさあ」

ざっくばらんな口調で言って顔の前で拝む真似をするソウくんママは、私よりひと回りも歳下だ。だが、二十八歳という若さを考慮に入れても、彼女のしゃべり方は幼すぎるように思えた。十二年前、いや二十歳のときだって、私はこんなしゃべり方はしていない。

それに、ひと回りも歳上の相手に同世代のように話しかけられる彼女が私には不思議でならなかった。敬語を使ってほしいというわけではない。むしろ、構えずに話してくれること自体は嬉しい。だけど、自分が逆の立場であれば絶対にできないだろうなと思ってしまうのだ。

ソウくんが四歳だということは出産したのが二十四歳のときで、と考えたところで、二十四、という数字にぎくりとする。同じ歳の頃、私は——前の夫と結婚したばかりだった。

前の夫は高校の同級生で、成人式のときの同窓会をきっかけにつき合い始め、私が短大を卒業して四年、彼が大学を卒業して二年経ったタイミングで結婚に踏みきった。

長いつき合いで気心も知れており、お互いの両親とも上手くやれていた。私たちの結婚生活に不安を口にする人間はいなかった。地元の信用金庫に勤める彼は、優しく真面目で、結婚相手としては申し分ない人だとみんなが祝福してくれたし、私自身、そこに疑問を持ったことは離婚する段になってからも一度もない。

それでも私たちが別れることになったのは、ひと言で言えば子どもができなかったからだ。いや、やはりひと言でまとめてしまうと語弊《ごへい》がある。正確には、子どもができなかったこと自体が問題ではなかった。問題は、私にあったのだ。

結婚して丸三年が経ちながら一向に懐妊の兆《きざ》しがなくても、彼は『仕方ないよ』と言ってくれた。互いの両親も、決して私に『早く子どもを作れ』と迫ることはしなかった。それなのに私は一人で焦り、不妊治療を始めたいと望んだ。

彼は私に『俺は、別に子どもがいなくてもいいよ。だから直香も気にするなよ』と繰り返した。『俺は直香がいればそれでいい』と。それはおそらく模範解答のようなもので、本当に彼は優しくてできた旦那様だったのだと思う。

けれど私は、気にせずにはいられなかった。今は二人でいいと思えても歳をとれば気持ちが変わるかもしれない。同年代の友人が次々と親になっていくのを目の当たりにしてもなお、二人でいいと心の底から思い続けていられるかどうか。生理が来るたびに落ち込む私に、彼も少しずつ不安定になっていった。

『俺はこのままでいいって言ってるじゃないか。これ以上、俺にどうしろっていうんだよ』

やがて彼は『もう疲れた』と言うようになった。離婚という選択肢が現れるようになると、両親や友達からも『そんないい旦那様の何が不満なんだ』と非難された。不満などない。あるはずがない。彼は何一つ悪いことはしていないのだから。彼にどうしてもらえば自分が満足するのか、私にもわからなかった。

結局、私たちは結婚六年目にして離婚した。

三十歳にして無職の独身女性となった私を心配して、数人の友達が新しい出会いをセッティングしてくれようとしたが、私はもう誰とも結婚するつもりはなかった。彼ほど優しく理解がある人ともいい家庭を築いていけなかったのに、他の人と上手くやれるはずがない。

雅之を紹介されたときも、女友達との飲み会だと思って行ったら彼がいて、別に結婚とかは意識しないでただ友達を増やすくらいに考えたらいいじゃないのと押しきられただけだった。

離婚歴があることと再婚するつもりはないことをあらかじめ伝えた上で顔を合わせ、予想外に気が合って親しくなってからも方針は変えなかった。

交際を申し込まれたのは出会ってから一年が過ぎ、何とか医療事務の職を得た頃で、既に離婚の顚末《てんまつ》についても話していた私は苦笑した。

『だから私は無理なんだってば。気にしなくていいって言われても気にしちゃうし、くよくよしちゃうし』

だが、雅之はひるまずに答えた。

『くよくよしていいよ。気になるなら気にすればいい。直香と一緒にいると楽しいし、悩みを途中で投げ出さないところも好きなんだ』

その言葉を聞いた瞬間、私は気づいたのだ。

――自分がずっと、そう言われたかったのだと。

結局、三十三歳のときに雅之と再婚して不妊治療を始めてからも三年近くは子どもができなかった。だが、雅之は「もうあきらめよう」とは言わなかったし、私が不安定になっても動じなかった。

恵莉那を授かったのは、三十六歳のときだ。

妊娠中も流産しかけたり、切迫早産で入院することになったりと気は休まらなかった。それでも恵莉那は、少し小さめだったものの無事に産まれてきてくれた。

子どもは三歳までに一生分の親孝行をするというけれど、恵莉那は産声を上げた瞬間に、一生分以上の親孝行をしてくれたと思っている。

恵莉那のためなら何だってしてしたい。できるだけいいものに触れさせたいし、可能性を狭めるようなことはしたくない。

けれど、ソウくんママからはそうした思いが感じられないのが不思議だった。

ソウくんママはショルダーバッグからディズニーキャラクターのボールペンを取り出すと、手の甲に〈サンキャク〉と書き込んだ。その子どもみたいなやり方に私は目を見開いてしまい、ごまかすために慌てて「かわいいペンだね」と口にする。

「ほんと？　ありがとー。あたしディズニー好きなんだよね。年に三回は行ってるもん。直香さんのとこも行ったりする？」

「うちはまだ行ったことないの」

「うっそ、マジで？」

ソウくんママは信じられないことを耳にしたというように目を丸くしている。

「え、なんで？」

「恵莉那、ちょっと乗り物が苦手だから」

「ディズニーならコースター系無理でも楽しめるやつあるよ？」

「そもそもそこに行くまでの車で酔っちゃうの」

「あー、そこからダメなんだ」

ピクリ、と頬が引きつるのがわかった。だけど彼女は気づかないのか、なるほどねーとうなずいている。そして突然、

「ダメだって！」

と大声で叫びながら私の背後へ駆け出した。驚いて振り返ると、棚によじ登ろうとしていたソウくんを羽交《はが》い締《じ》めにしている。

「危ないことすんなっていつも言ってるじゃん！　そんなとこ登って落ちたら死ぬよ？」

彼女には彼女なりの子育てのやり方があるんだろうし、人からどうこう言われれば不快になるのは私にもわかる。だけど、目を見開いたまま固まった恵莉那の横顔を見たら、我慢できなかった。

「ねえ、ソウくんママ」

私は目を伏せたまま切り出す。

「私、ダメって言葉はあんまり使わないようにしてるの」

「へ？」

目線を上げると、ソウくんママはきょとんとしていた。その大きな目にはくっきりと濃いアイラインが引かれている。

「なんで？」

「あのね、ダメって言うと、子どもは自分が否定されたみたいに感じちゃうんだって。だから子どもが悪いことをしたときは、どうしてしちゃいけないのか理由を話すといいらしいよ」

頭ごなしに言ったら気分を害すかもしれないから、できるだけ対等に、伝聞の形で話したつもりだった。だけど、ソウくんママは眉根を寄せた。

「え、あたし理由言ったよね？　落ちたら死ぬよって」

「うん、それはいいと思うの。あとはダメって言葉を使わないで理由から話せば……」

「でもさあ、危ないときに理由から話してたら間に合わなくない？」

怪訝そうに首を傾げる。私は意識的に微笑みを浮かべてみせた。

「普段からきちんと理由を話すようにして、悪いことをしなかったときに、ちゃんと褒めてあげれば、そもそも危ないことをしなくなるんだって」

恵梨那に向き直ってすぐそばに膝をつき、頭を撫でる。

「恵梨那、棚に登らなくてお利口さんだったね。棚は倒れやすいから登ったりしたら危ないの。ママ、恵梨那が怪我しちゃったら悲しいよ？」

お手本を示すつもりというよりも、忘れずに恵莉那に話さなければと思っただけだった。だけど口にしてから、さすがにこのタイミングでは感じが悪かっただろうかと不安になる。

ソウくんママは、居心地が悪そうにしているソウくんを見下ろして口を開きかけ、閉じた。何を言えばいいのかわからないのかもしれない。私も、初めはそうだった。だけど今は、恵莉那のいいところを伸ばしていける子育ての仕方を知ることができてよかったと思っている。

「ふうん、なるほどね」

ソウくんママは、いつもの軽い声音に戻って相槌《あいづち》を打つと、

「直香さんって、すごいねー」

褒めているのかバカにしているのかわからない口調で続けた。

「あたし、めちゃくちゃダメダメ言っちゃってるわー」

その開き直った言い方に、ため息を呑み込む。曖昧に微笑みを返しながら、徒労感が背中にのしかかってくるのを感じた。

――私は、こんなふうに頑なにならないようにしないと。

私は、恵莉那に感謝している。恵莉那が産まれてきてくれたことで、いろんな出会いに恵まれた。疎遠になりがちだった友達とも子どもがいるという共通点ができたことで親交が復活したし、こうして子ども以外に接点がないような人と知り合うことも勉強になる。

でも、と私はソウくんに続いて教室の奥へ向かっていく恵莉那の背中を苦々しく眺める。

恵莉那はまだ小さいし、何が正しくて何が間違っているのかの区別が自分ではつけられない。目の前に、口が悪くて躾《しつけ》もろくにされていない子がいれば、影響されないとも限らない。

だけど、せっかく入れた〈アトリエえふ〉をやめさせる気にはなれなかった。

ソウくん親子とは、必要以上には関わらない。

そう決めていたはずなのに、彼女の家に恵莉那を連れて遊びに行くことになったのは、お迎えに来た彼女がまた三脚を忘れたからだった。

〈アトリエえふ〉では、一カ月かけて一枚の絵を完成させる。お稽古《けいこ》自体が一週間に一回、一回が二時間なので実質は一枚につき八時間だが、子どもがクレヨンで描く絵にしては長い時間だ。今日は今月の分の絵を持って帰ることになっていたから、どうしても三脚を使ってきちんと撮りたかった。

「あーそうだよ、あたしここに書いたんじゃん！　忘れないように書いたメモ見るのも忘れてちゃ世話ないよねー」

ソウくんママは道すがらしきりに手の甲を見ているものの、その口調はほとんど悪びれていない。

本当は、ソウくんママに限らずママ友の家に子連れで遊びに行くのは苦手だった。手土産《てみやげ》にも気を遣うし、家に上がったら上がったで、今度は恵莉那が相手の家の物を壊したりしないかとヒヤヒヤする。今でこそ勝手に他人の家のおもちゃで遊ぶようなことはしなくなったものの、恵莉那がもっと小さく、ママ友づき合いが始まったばかりの頃は大変だった。恵莉那は言うことを聞かず、どんなものでも舐《な》めてしまう。赤ちゃんとはそういうものだとはわかっていても、その家の子どもがよだれだらけにしたおもちゃが口に入ることに抵抗があったし、相手もそうだと思うと余計に落ち着かなかった。

だから、ママ友の家に遊びに行くときには、必ず家からおもちゃを持参し、「恵莉那、うちのおもちゃなら舐めていいからね」と言うことにしていた。それが礼儀だと思ったし、恵莉那のことも頭ごなしに叱りたくなかったのだ。

だけど、ママ友の一人は言った。

『そんなにママが神経質だと、恵莉那ちゃんがかわいそうだよ』

初めは、何を言われているのかわからなかった。驚きのあまり何も言い返せないでいた私に、彼女はゆったりと微笑んで続けた。

『もっとおおらかに、力を抜いて子育てした方がいいんじゃないかな』

言われてみれば、彼女の家の床はハイハイをする赤ちゃんがいるとは思えないほど埃が落ちていて、食べさせている離乳食もレトルトのものばかりだった。彼女は、自分のずぼらさを「おおらか」という耳触りのいい言い回しでごまかしているんじゃないか――私は彼女とつき合うのをやめた。他のママ友の家にも遊びに行かなくなり、子ども同士を遊ばせるときは児童館に行くか、自宅に呼ぶようになった。

それなのに、よりによってソウくんママの家に遊びに行くことになるなんて、と思うと口の中が苦くなる。でも、また改めて、としてしまうとソウくんママは三脚を返し忘れていることすら忘れてしまいかねない。三脚を返してもらったらすぐに帰ればいいんだと自分をなだめる。

「ねえ、ママ。きょうはソウくんとあそんでいいの?」

手をつないでいた恵莉那が、小声で言いながら見上げてきた。

「ちょっとだけね」

短く答えて、ちらりと斜め前のソウくんママを盗み見る。今の恵莉那の言葉は、どういう意味に聞こえただろうか。今日は遊んでいいの——いつもは遊ばないように言い含めていると気づかれなかっただろうか。

「あー、こら創平、勝手に出しちゃダメだって言ってんじゃん」

「へへー」

ソウくん親子は、何やらスナック菓子の袋を取り合っている。ソウくんがママの持っていたレジ袋から勝手に引っ張り出したようだ。普段からあんなお菓子をあげているんだろうか。それに、ソウくんママはまた「ダメ」という言い回しを使っている。どうしてダメなのかを説明しているわけでもないし、ソウくんも反省した様子がない。私は笑顔の形に持ち上げていた口角から力が抜けていくのを感じた。

すると、突然ソウくんママが振り返った。

「ほんとごめんねー、時間は大丈夫?」

私は咄嗟に顔の前で手を振る。

「ううん、私こそごめんね、手土産も持たずに急に押しかけちゃって」

「そんな手土産なんていいって！　あたしのせいなんだし。あ、うちここ」

ソウくんママは唐突に立ち止まると、目の前の古い一軒家を指さした。三十坪くらいの土地に小さな庭と木造瓦葺《かわらぶき》二階建て――塀からせり出しているのは柿の木だろうか。思わず連想したのは祖父母の家で、自分より若い彼女の家だというのがすぐにはピンとこなかった。

「旦那のおばさんの家をもらったんだけど古くてさー」

ソウくんママは驚かれるのに慣れているのか、こちらが何か言う前に言い添える。たしかに、目の前の建物は見るからに築年数が経っているが、この世田谷区内で駅徒歩五分の立地に一軒家というのはうらやましい。恵莉那が産まれた直後に買った我が家は、マンション内でも一番間取りが小さくて安い二階だし、駅からは徒歩十二分と徒歩圏内ではあるものの便利とは言えない場所にある。道の途中には街灯が少ないところがあり、恵莉那がもっと大きくなって一人で駅までの道を往復することを考えると心配だった。

「でも何だか落ち着く感じでいいじゃない。立地も申し分ないし」

「まあ、もらいものだし文句は言えないんだけどねー」

ソウくんママはひょいと肩をすくめる。

「散らかってるけどどうぞー」

濃い色の木の扉に向かって言いながら鍵を開けた。ソウくんママがドアノブを引くなり、スナック菓子の袋を抱えたソウくんが真っ先に飛び込んでいく。揃えるどころか乱雑に脱ぎ捨てられた靴は、旦那さんのものらしき革靴の上にバラバラと裏返って重なった。玄関自体はうちよりよほど広いはずなのに、靴が所狭しと散乱しているから自分の靴の置きどころにも少し迷う。

「お邪魔します」

会釈してから恵莉那を促すと、恵莉那はきょときょとと物珍しそうに周りを見回しながら
「おじゃまします」とつぶやいた。

「はーい、いらっしゃい」

すばやくスニーカーを脱いだソウくんママが、振り向かずに廊下を突き進みつつ言う。奥の引き戸を開けて中に入ると、ひょいっと顔だけを出して「あ、うちスリッパとかないからそのまま入ってきちゃって」と笑った。

おずおずと廊下に足を踏み入れた恵莉那の腕を、

「エリナちゃんはやくはやく!」

ドタドタと奥から戻ってきたソウくんが引っ張る。

「あっちであそぼうぜ!」

「こら、創平! 手洗った?」

「あ、やっべ、やっべ!」

ママの口癖が移っているのかそう言って、恵莉那の腕をつかんだまま駆け出した。あ、と思ったものの、止められずにいるうちに恵莉那は洗面所へ入っていってしまう。

「ごめんなさい、うちも手を洗わせてもらってもいい?」

慌てて奥のソウくんママに声をかけると、

「もちろんどうぞー」

という間延びした声が返ってきた。許可を得る前から恵莉那が入ってしまったことに少し気まずさを感じながら、私も洗面所へと続く。恵莉那が踏み台代わりらしい段ボール箱の上に恐る恐る登るところで、既に手を洗い終えたらしいソウくんはタオルで両手を拭《ふ》くと、爪先立ちをして遊び始めた。

私は恵莉那の背後から覆いかぶさるようにして自分も手を洗い、どこかの工務店の店名が入った白いタオルに腕を伸ばしかけて止める。このタオルはちゃんとこまめに替えられているんだろうか。見たところ目立った汚れはついていないそうではあるけれど。

「恵莉那、ハンカチで拭きなさい」

耳元で小さく言うと、恵莉那はこくりとうなずき、ポケットからハンカチを引っ張り出した。

「エリナちゃんはやく！」

ソウくんは焦れったそうに足踏みをする。段ボールから降りあぐねていた恵莉那の手を乱暴に引いた。恵莉那の身体がぐらりと傾いて、私はハッと息を呑む。けれど恵莉那は転ぶことなく着地し、そのままソウくんに連れられて洗面所を出て行った。

「直香さん、コーヒーでいいー？」

呑気《のんき》なソウくんママの声を聞きながら、詰めていた息を吐き出す。

——やっぱり、すぐに三脚を受け取って帰った方がいいだろうか。

ソウくんがどんな遊びをするつもりなのかはわからないが、もし怪我《けが》でもしたら大変だ。急用を思い出したとでも言って――考えを巡らせながら洗面所を後にする。居間へと向かうと、マグカップを両手に持ったソウくんママが笑顔で振り向いた。

「勝手に淹れちゃったけどコーヒーでよかった？」

「あ、うん。ありがとう」

反射的にうなずいてしまってから臍《ほぞ》を噛む。すぐに帰るつもりだったのに――感情を隠しきれる自信がなくて、顔を伏せたまま席についた。

すぐに帰らなかったのは、ソウくんママがなかなか三脚を出してこなかったというのもあるが、何より恵莉那が途中から絵を描き始めてしまったからだ。

ソウくんが二階から下りてきて「エリナちゃん、おえかきはじめちゃった」とつまらなそうに言ったのを渡りに船と、気になっていた子ども部屋の様子を見に行くと、恵莉那はたしかに画用紙の前で格闘していた。端が丸まろうとするのを必死に手のひらで押さえているところからして、〈アトリエえふ〉から持ち帰った今月の絵だろう。電車の模型やレールが散らばったフローリングの真ん中で小さな背中を丸めている。

私は伸ばしかけた腕を下ろした。結局声をかけずに一階の居間に戻ると、ソウくんが待ち受けていたように椅子から立ち、

「ね？」

嘘じゃなかったでしょと言うように私を見上げてきた。私は「うん」と短くうなずいてから
ソウくんの前に膝をつく。

「ごめんね、恵莉那は今は一人でおえかきしたいみたいなの」

「やだ！　いっしょにあそぶ！」

「創平も描けばいいじゃん」

ソウくんママが頬杖をついたまま言うと、「やだ！」と足を踏み鳴らした。

「おれはでんしゃごっこがしたいんだってば！」

癇癪《かんしゃく》を起こしたように怒鳴り声を上げ、勢いよく居間を飛び出していく。階段を駆け上がる
足音がして、思わず腰が浮いた。

——恵莉那から無理やり絵を奪ったりしないだろうか。

心配になったものの、横目でソウくんママを見やると何事もなかったように茶渋のついたマ
グカップを口に運んでいる。何となく追いかけるタイミングを逸してしまい、私もコーヒーに
手を伸ばした。

「子ども部屋、二階なんて心配じゃない？」

ソウくんママに、というより、ソウくんがいなくなった途端に幼い子どもがいるとは思えな
いほど静かになった空間に向けて尋ねる。非難するつもりではなく、本当に不思議だった。

恵莉那の子ども部屋はリビングとスライド式のドアで区切られた六畳ほどの空間だ。ドアを

全開にすると広いリビングとして使えるタイプで、それがマンションを買うときに一番気に入ったポイントだった。リビングとつなげれば、恵莉那が小さいうちは常に目が届いて安心だし、大きくなってからもそこで勉強させることができる。子ども部屋ではなくリビングで勉強した方が頭がいい子に育つ、というのは、今では多くの教育雑誌で言われていることだ。

「心配ってなにが？」

ソウくんママが、不思議そうに目をしばたたかせる。訊き返されるとは思っていなくて、私は思わずうつむいた。

「だって、ほら、怪我したりしたら……」

「あー大丈夫、すっ転んだりしたら聞こえるから」

ソウくんママはあっけらかんと言って手をパタパタと顔の横で振る。

「どうせ子ども部屋が一階にあったって、ずっとつきっきりで隣にいられるわけじゃないしね」

「でも、ソウくん一人でさみしかったりしない？」

「つまんなかったらさっきみたいに勝手に下りてくるって」

屈託のない笑顔で言ってマグカップに口をつけ、ずっと音を立てて飲んだ。その音を耳にした瞬間、私は気づいてしまう。

——この人、あの人に似ているんだ。

私のことを神経質だと言ったママ友と、目の前のソウくんママが重なって見えて、二の腕が微かに粟立った。

「やっぱさー、エリナちゃんってしっかりしてるよね。おりこうだしすごい礼儀とか正しいし」

ソウくんママはテーブルの真ん中に置かれたカゴからみかんを取り出し、はい、と私の前に置く。そのまま自分も手に取って剝き始めた。

「そんなことないよ」

私が謙遜してみせると、「あるって!」と唾を飛ばす。

「だってエリナちゃん、親呼び出しとかされないでしょ?」

「親呼び出し?」

「あ、エリナちゃんとこの幼稚園ではそういうのない? これうちの幼稚園限定なのかなー。子どもが問題起こすと親が呼ばれて『ご家庭でも注意してください』とか言われんの」

もうマジかんべんだよー、ソウくんママは言葉ほどには困っていなそうな表情と声で言った。

「問題って……」

「友達を転ばしたとか、おもちゃ取り合って壊したとか。男の子だし、いつかは親呼び出しになって頭下げたりすんのかなとは思ってたけど、まさか幼稚園のときからすることになるとは思ってなかったよ」

おどけたしぐさで肩をすくめ、剝いたみかんを口に放り込む。もぐもぐと咀嚼して飲み下すと、すぐに次のひと房をつまみ上げた。

「あいつ、誰に似たのか気が強いからさー」

——誰に似たのか? 気が強い? 何を言っているんだろう、この人は。

母親に似たに決まっているし、気が強いなんて言い方で済むことでもない。

脳裏に蘇ってきたのは、〈アトリエえふ〉に子どもを通わせているママたちでイタリアンレストランにランチに行ったときのことだった。

窓際の席に通されるや否や、誰がどの席に座るかを探り合う空気に構わず『あたし奥の席がいいー』と言って真っ先に座ったのはソウくんママだった。それぞれが頼むパスタ以外にみんなでサラダを選ぼうという話になったときも、彼女は『あたし絶対生ハム！』と主張した。あの場にいたママたちの中で彼女が最年少ではなかった。もっと若い二十代半ばの子までもが彼女のわがままに押される形で『生ハムいいですね』と合わせていた。

わがままで我慢のきかない子ども——それはまさに彼女自身だ。

私が絶句していることに気づかないのか、ソウくんママは息子がした悪戯や自分の酒の失敗談を同列に話していく。手持ち無沙汰だったもののみかんを食べる気にもなれずにコーヒーばかりを少しずつ喉に流し込んでいると、しばらくして、

「ママ」

という小さな声が居間の入口から聞こえた。ハッと振り向くと、恵莉那がうつむいて立っている。ソウくんはその隣でふて腐れたようにそっぽを向いていた。ソウくんママは息子に聞かれたかもしれない話をフォローしようとするでもなく、またみかんを手に取る。

「恵莉那」

私は席を立ち、駆け寄った。恵莉那はどこから話を聞いていたのか、顔を強張らせている。

「終わったの？　帰る？」

腰を屈め、頭を撫でながら訊くと、こくりと短くうなずいた。助かった、と考えてから、恵莉那も早く帰りたかったのかもしれないと思い至る。もしかして、ソウくんと遊ぶのが嫌で絵を描いていたんだろうか。

――どうして気づかなかったんだろう。

早く帰ろうと、私が言い出してあげるべきだったのに。

私はソウくんママに向き直ると、

「長居しちゃってごめんね。これ……」

作り笑いを顔に貼りつけてマグカップを持ち上げた。どこに下げればいいかと迷うように視線をさまよわせてみせると、「あ、そこに置いといて」とテーブルを示される。

「ごちそうさま。ごめんね、飲みきれなくて」

「いいよー別に、どうせインスタントだし」

「なんだよもうかえんのかよー」

ソウくんが、大して名残惜しそうでもない棒読みめいた口調で言い、両手に持った電車の模型をぶんぶんと振り回した。

「うん、また……」

遊んであげてね、と言いかけてから、もう遊ばせることはないかもしれないと気づく。

「来週もお教室でよろしくね」

そう続けて恵莉那の手をつかんだ。居間を出たところで、「ちょっと待って三脚！」とソウくんママが追いかけてくる。奥の部屋のドアを勢いよく開けて飛び込むのを目で追うと、脱ぎ捨てた服や雑誌が散らばった床が見えた。見てはいけないものを見てしまった気がして身体ごと反転させると、アコーディオン型のドアが開きっぱなしになった洗面所が正面になる。

「あ」

タオルが汚れているのが見えて声が漏れた。くっきりとした青は明らかにクレヨンの汚れだ。

恵莉那を見下ろし、膝を折って耳元に口を寄せる。

「恵莉那、途中でトイレ借りた？」

恵莉那はぎゅっと身を縮め、お絵かき教室用のトートバッグをおどおどと抱きしめる。

「うん、だって……ソウくんがいいっていうから」

私は慌てて恵莉那の両手を取った。

「借りたこと自体はいいの。それより、トイレに入った後タオルで手を拭いた？」

もし恵莉那が汚してしまったのなら謝らなければならない。だが、恵莉那はどうしてそんなことを訊かれるのかわからないというように、きょとんとした顔を傾けた。

「エリナ、ハンカチでふいた」

「お待たせ！」

恵莉那の言葉を遮るようにして飛び出してきたのはソウくんママだった。微かに息を切らし、脚が伸びたままの三脚を私に押しつけるようにして渡すと、「あーよかった！　今度こそ忘れなくて！」と胸を撫で下ろす。

「本当にありがとね。あ、これお礼と言っちゃなんだけど」

「そんな、お礼なんて気にしないで……」

「ごめんね、こんなんで」

ソウくんママはみかんの袋を差し出してきた。私は「ありがとう」とだけ言って受け取る。

帰り道は、恵莉那とほとんど言葉を交わさなかった。自転車に乗っていたからというのもあったけれど、ソウくんの家を出るなりどっと疲れが出てきたからだ。私は、マンションの駐輪場で自転車から降り、恵莉那からヘルメットを外すタイミングでようやく声をかけた。

「恵莉那、今日は楽しかった？」

意識的に声のトーンを上げる。私の機嫌を悟らせたくなかった。母親が不機嫌でいたら、子どもは敏感に察する。

だが、恵莉那は答えなかった。うつむいたまま、黙り込んでいる。楽しいかどうかは答えにくいんだろうか。私は質問を変えることにした。

「絵は上手に描けた？」

その途端、恵莉那はさっと顔色を変えた。嫌な予感に、心臓がどくんと大きく跳ねる。

「どうしたの？」

恵莉那は、声を震わせて言った。

「……絵、なくなっちゃった」

「え？」

私は絵の持ち運び用の筒を自転車のカゴから抜き取り、蓋を回すのももどかしく力ずくで開ける。

――中には、何も入っていなかった。


何があったのか、恵莉那はなかなか話そうとしなかった。

「なくなっちゃったってどういうこと、ソウくんの家に置いてきちゃったってこと？」と訊いても首を横に振るばかりで答えない。

それでも、聞き流すわけにはいかなかった。恵莉那が〈アトリエえふ〉で一カ月もかけて描いた絵なのだ。それに、まだ写真にも撮っていない。

――これまで、恵莉那の絵は一枚も欠かさず撮ってきたのに。

「いつ、ないことに気づいたの？」

「……わかんない」

恵莉那は今にも泣き出しそうな声で答えた。

「だけど、少なくともソウくんの家に行くまであったのはたしかよね？　ソウくんの家で続きを描いていたんだから」

恵莉那の肩をつかみ、うつむいた顔を覗き込む。恵莉那はますます身を縮め、再び「わかんない」と口にした。

肩から手を離し、息を吐き出す。質問の形をとったものの、今確かめたことに疑問はない。〈アトリエえふ〉から今月の分の絵が入った筒を受け取ったのは私だし、それを恵莉那がソウくんの部屋で広げていたのも見ている。

——帰りは、どうだったか。

目を閉じ、帰りじたくの様子を思い出そうとする。恵莉那が居間に下りてきて、ソウくんママの家を出て、自転車に恵莉那を乗せてカゴに筒を入れて——筒の蓋は閉じていたのだから途中で中身を落としてしまったということはないはずだ。だとすれば、やはりソウくんの家に忘れてきてしまったというのが一番可能性が高い。

「じゃあ、ソウくんママに電話して訊いてみようか」

深い意味もなく言っただけなのだが、恵莉那は目に見えて表情を強張らせた。私と目が合うと慌てて顔を伏せる。

「どうしたの、恵莉那。何か心当たり——知っていることがあるの?」

恵莉那の前髪がぴくりと揺れた。明らかに何かを隠している。「恵莉那」もう一度促すつもりで呼びかけると、泣き出しそうな顔になった。

「ごめんなさい」

私は恵莉那の前に膝をつき、小さく柔らかな頬を両手で包む。

「恵莉那、ママは怒ってるんじゃないの。でも、せっかく恵莉那が頑張って描いた絵なのに、なくなっちゃったなんて悲しいでしょう？　忘れたんならソウくんの家に取りに行けばいいだけだから」

「ちがうの」

「違うって？　ねえ、恵莉那。ママ誰にも言わないから、知っていることがあるならママに教えてくれない？」

恵莉那はそれでもしばらく黙っていたが、私が「わかんないって、嘘でしょう？　ママ、嘘ついていいって恵莉那に教えた？」と重ねると、しどろもどろながら話し始めた。

恵莉那の話を要約すると、こうだった。

ソウくんは恵莉那を自分の部屋まで連れて行くと、すぐに電車の模型を広げ始めたらしい。どれが何という名前の電車で、どれが一番かっこよくて、どれには乗ったことがあるかを力説し、恵莉那には踏切の役をやらせて自分はひたすら電車を走らせ続けた。

やがてソウくんは反応の鈍い恵莉那に飽きてしまったのか、それとも一緒に遊んでいることを忘れてしまったのか、恵莉那を放っておいて、一人で遊び始めた。恵莉那が『あたしもガーッてやっていい？』と訊くと『ダメ』と言う。恵莉那は途方に暮れ、持っていたお絵かきセットを出して絵の続きを描くことにした。

絵を描き始めた後、ソウくんが何をやっていたのかはほとんど覚えていない。けれどしばらくすると、ソウくんは電車で遊ぶ手を止めて、恵莉那のところにやってきた。

『エリナちゃんなにやってんの？』

恵莉那が答えずにいると、ソウくんは不思議そうに恵莉那の手元を覗き込んできた。

『なんで、そんなことやってんの』

『……ママが、しゃしんとるっていうから』

『しゃしん？』

何を言われているのかわからないというように首を傾げているソウくんに、恵莉那は説明した。自分の家では絵を描くと必ずママが写真を撮ってくれること、大事な作品だから記録に残しておこうと言ってくれること、特に上手に描けたものは額縁に入れて飾ってくれること。ソウくんのママは違うのかと訊くと、ソウくんは鼻を鳴らした。

『バカじゃないの。そんな、みのむしみたいなの、しゃしんになんかとってどうすんだよ』

『じゃあ、ソウくんちではどうするの？』

『べつにどうもしないよ。でっかいふぁいるっていうのにいれて、それでおしまい』

会話はそこで止まった。ソウくんが『トイレ』と言って部屋を出る。

少ししてからソウくんが戻ってきたので、恵莉那はソウくんに自分もトイレに行っていいかと訊いた。

『いいにきまってるじゃん。なんでおまえ、いちいちきくの』

ソウくんは顔をしかめて答えたものの、途中までついてきてトイレの場所を教えてくれた。

恵莉那はトイレに行くと、洗面所で手を洗ってハンカチで拭き、ソウくんの部屋に戻った。

——すると、絵がなくなっていたのだ。

「何よそれ」

吐き出す声が、震えた。

恵莉那の顔が今にも泣き出しそうに歪む。怯えさせてしまったのはわかったけれど、止められなかった。

「それじゃソウくんが盗《と》ったのに決まってるじゃないの」

「ちがうの、ソウくんはわるくないもん」

恵莉那は、唇を嚙みしめて首を振った。

このままじゃソウくんが怒られてしまうと思っているんだろう。だから、なかなか話そうとしなかったのだ。

——優しい子なのだ、恵莉那は。

私は、困ったように眉根を寄せている恵莉那から視線を外し、天を仰いだ。

それにしても、どうしてソウくんは恵莉那の絵を盗ったりしたんだろう。

恵莉那が絵を描いてばかりで遊んでくれなかったから？

自分の絵は誰にも興味を持ってもらえないのに、恵莉那だけが作品を大事にしてもらえるのが悔しかったから？

「エリナがわるいんだよ」

恵莉那はついに泣きじゃくり始める。

「恵莉那は悪くないよ。大丈夫、ママが上手くソウくんママに訊いてあげるから」

「やだ！」

恵莉那は弾かれたように顔を上げた。

「やめてママ！　きかないで！」

私は息を呑んだ。恵莉那の言葉に滲んでいるのは、気遣いではなく恐怖だ。

恵莉那は、何に怯えているというんだろう？

答えは、一つしかないように思えた。

ソウくんだ。もしソウくんママに事情を訊いたりしたら、ソウくんママはソウくんを問い詰めるだろう。そうすれば、ソウくんは恵莉那が告げ口をしたのだと気づく。恵莉那が、それを恐れているんだとしたら。

あれだけ気が強い男の子だ。敵に回したら大変だと、恵莉那も幼心に思っているのかもしれない。

だけど、恵莉那に矛先が向かないようにする方法はあるはずだ。たとえ恵莉那が何も言わなかったとしても、私が絵がないことに気づくことくらい、ソウくんにだってわかるはずだ。恵莉那から絵を描けば必ず写真に撮られるという話を聞いているのだから。恵莉那は何も言わなかった、私が気づいただけだと強調すれば――

私は意識的に息を吸い込み、ゆっくりと吐き出した。

――ソウくんとは幼稚園こそ別だけど、さ来年から小学校で一緒になる。

ソウくんママはきっと、小学校のママ友たちの間でも影響力を持つだろう。ここでソウくんを疑うようなことを言えば、私が目をつけられることもありえる。もし悪い噂を流されたりしたら――だけど、引き下がるわけにはいかない。

「大丈夫、大丈夫だから」

恵莉那を強く抱きしめる。恵莉那はなかなか泣き止まなかった。

恵莉那の寝息が規則的になったのを確かめてから、さらに二十秒を数えた。涙のあとが痛々しい小さな頬を眺め、首の下からゆっくりと腕を抜く。

恵莉那は微かに身じろぎをしたものの、まぶたは開けなかった。

私は左腕で自分の体重を支えながら、恵莉那を見下ろす。再び規則的に上下し始めたお腹の上に手のひらを当てた。じんわりと熱が伝わってくる。

しばらくしてそっと手を離すと、指先から温《ぬく》もりが消えて、内臓がきゅっと縮こまるのがわかった。

できるだけ音を立てないように気をつけながらベッドを降り、すり足で子ども部屋を出る。

リビングに戻って時計を確かめると、十九時を回ったところだった。

恵莉那は夕飯も食べずに泣き疲れて眠ってしまった。途中で起き出してきたら食べさせられるように、せめて下ごしらえをしておかないと。そう考えながら倒れ込むようにしてソファに座り、斜めがけバッグの中に入れっぱなしにしてあった携帯を取り出す。親指をスライドさせてメールを起動した。

〈お疲れ様。あのね、今日、三脚を返してもらいにソウくんママの家に行ったら、恵莉那の絵がなくなっちゃったの。たぶんソウくんがとっちゃったんだと思うんだけど……ソウくんママにちゃんと訊いた方がいいかな？〉

そこまで打った文面を読み返し、クリアボタンをタップする。下書きフォルダに保存してから、ため息をついた。

——これじゃ、雅之だって意味がわからないはずだ。

もっとちゃんと、順を追って説明しないといけないということはわかるのに、どこから説明すればいいのかがわからない。恵莉那の表情や言い回しまでを伝えるにはたくさんの言葉が必要になる。メールで伝えられるとはとても思えなかった。でも、仕事中にこんなことで電話をするわけにもいかない。

——こんなこと。

自分が使った言葉に胸が苦しくなる。恵莉那が描いた絵がなくなった。それが、こんなこと、だとは私にはとても思えない。だけど、命に関わることかどうかと問われてしまえば、否と答えるしかない。雅之なら「そんな話でいちいち電話してくるな」と突き放すことはしないだろうし、仕事中でもできるだけ時間を取って話を聞こうとしてくれるはずだ。だが、だからこそ電話をするわけにはいかなかった。こういうとき、私は孤独なのだと思えてしまう。緊急性は高くないけれど重要なこと、繊細な問題を孕《はら》んだ、恵莉那への思いを共有している相手でなければ理解してもらえなそうなこと——それをすぐに相談できる相手が、私にはいない。

結局私は、携帯の電話帳でソウくんママの名前を呼び出していた。ごくりと、生唾を飲み込む。発信ボタンをタップする指が震えた。

発信音を聞くうちに、電話を切ってしまいたくなる。今切ったところで、どうせもう相手に着信記録が残ってしまうのだからかけ直されるだけだ。そうすれば、今よりもっと話しづらくなる。そう自分に言い聞かせることで、かろうじて単調に響く発信音を聞き続けることができた。

『あれ、直香さんじゃん。どうしたの？　なんか忘れ物ー？』

そのあっけらかんとした声に、抱いていた望みが絶たれたことを知る。ソウくんは、まだママには何も話していないらしい。つまり、こちらから切り出さなければならないということだ。

「うん、ちょっと恵莉那が忘れ物しちゃったみたいで……ごめんね、夕飯時に」

『そんなん全然いいってー。で、なに忘れたの？』

私はお腹に力を込めて、さりげなく聞こえるように声のトーンを意識的に上げた。

「それがね、恵莉那、絵を忘れてきちゃったみたいなの」

『絵？　うちで描いてたやつ？』

「うん、どこか……ソウくんの部屋に置いてあったりしないかな？」

忘れ物、という言い方にしたのは、なるべくならトラブルにしたくないからだった。ソウくんだって、これなら恵莉那の絵を返しやすいはずだ。ソウくんからきちんと恵莉那に謝ってほしいという気持ちもあったが、それよりも絵が無事に返ってくることの方が大事だ。

『オッケー、ちょっと待って、訊いてくる』

ソウくんママの屈託のない声に続いて、ゴト、という携帯がどこかに置かれたのだろう音がした。『創平ー!』ソウくんを呼ぶ声と、騒がしい足音が遠くで響く。

私は携帯を持つ手を持ち替え、汗ばんだ右の手のひらをスウェットの太腿にこすりつけた。いつ取りに行くのがいいだろう。本当なら、来週の教室のときに持ってきてもらうのがいいのだろうけれど、また忘れられても困る。

だが、戻ってきたソウくんママは微かに息を切らせて言った。

『お待たせー。うちにはないみたい』

「え?」

『どこかで落としちゃったとかかなー。恵莉那ちゃん、せっかく一生懸命描いてたのにショックだよね』

「えっと……ソウくんには訊いてみてくれたの?」

『うん、でも創平も知らないって』

——ソウくんは、しらばっくれることにしたんだ。

全身から力が抜けていくのがわかった。同時に、身体が重くなっていく。

言いたくなかった。だけど、言うしかない。

「あのね、実は恵莉那が……ソウくんの家でトイレに行って戻ってきたらなくなってたって言ってるの」

『……どういうこと？』

初めて、ソウくんママが怪訝そうに言いよどんだ。私は生唾を飲み込む。

「ソウくん、間違えて恵莉那の絵をしまっちゃったりしてないかな？」

あくまでも「間違えて」という表現は使ったが、間違えるわけがないことはソウくんママにも伝わったようだ。

『……訊いてくる』

珍しく低いトーンで言った。再び、携帯から離れる音がする。今度はさっきより長い時間がかかって、ソウくんママは戻ってきた。

『やっぱり創平は知らないって。恵莉那ちゃんが絵を描いてたのは知ってるけど、途中からは別々に遊んでたから見てないって言ってる』

彼女はそこまで言ってから長く息を吐く。おそらく走って乱れた呼吸を整えるためなのだろうが、まるでホッとしたような響きに引っかかった。

「でも……だったら絵はどこにあるの？」

『さあ、やっぱりどこかで落としちゃったんじゃないの？』

私は眉根を寄せる。

「それ、恵莉那が嘘をついてるってこと?」

『嘘っていうか、勘違いとか?』

「勘違い?」

軽い口調が癇に障り、頭に血が上った。

「むしろ、ソウくんが嘘をついている可能性の方があるんじゃないの」

思わずそう口にしてから、直截《ちょくさい》的すぎる言い回しにハッとする。ついに言ってしまった。これでもう、今までの関係には戻れない。

案の定、ソウくんママの声が尖った。

『え、なにそれ、ひどくない? それ、創平が盗ったって言いたいの?』

「そうは言ってないけど……」

『言ってるじゃん』

初めて耳にするソウくんママの不機嫌な声に、目の前が一段照明を落としたように暗くなるのを感じた。

——どうして、こんなことになってしまったんだろう。

悪い夢のようだ。感情の制御が上手くできなくて、いい言葉が見つからなくて、関係が一瞬で変わってしまった。

せめて言い方を変えなくては、と思いながら、私は続けていた。

「恵莉那は、嘘をつくような子じゃないから」

ソウくんママが息を呑むのが受話器越しに聞こえる。指先に力が入らない。腕がひどく重かった。

『創平だってそうだよ』

ソウくんママの声には、いつものような軽快な空気は微塵もない。私は自分が話し方を完全に間違えたことを知った。

——違う、そもそも電話で訊いたのが間違いだったんだ。

証拠も心当たりもないのに、自分の子の言葉を疑うわけがない。水掛け論になることは充分に予測できたはずだった。

——こんな気まずい関係が小学校まで続いてしまったら。

学区を変えようにも買ったばかりの家だし、引っ越すわけにはいかない。私立に通わせるようなお金もない。ソウくんのうちだって、家を建て替えることはあっても土地を手放すことはないだろう。

そんなにママが神経質だと、恵莉那ちゃんがかわいそうだよ——呪いのように、耳の奥で声が響く。ただ恵莉那の絵を取り戻したかっただけだ。私が神経質だったからじゃない。そう自分に言い聞かせるのに、私のせいで恵莉那が窮屈な思いをするかもしれないと思ったら、たまらなくなった。

『あのね、ママ。せんせいがね、こんげつはエリナがすきなものをかきなさいって』

数週間前の〈アトリエえふ〉からの帰り道、私の腕に絡みつくようにぶら下がって言った恵莉那の顔が思い浮かぶ。

『あら、何描くの？　キリンさん？　いちごちゃん？』

『ふふーないしょー』

悪戯めいた笑みを浮かべて、ほころんだ口元を両手で隠していた恵莉那。

恵莉那は、何の絵を描いていたんだろう。どうして、せめて教室が終わった後すぐに「見せて」と声をかけなかったんだろう。そうすれば、少なくとも恵莉那の描いた絵は見ることができたはずなのに。「上手に描けたね。頑張ったね」と言ってあげることができたはずなのに。

三脚なんかなくても、写真を撮ることくらいできたのだ。たとえそれで上手く撮れなかったとしても——実物がなくなってしまうよりましだった。予備として写真を撮り始めたはずなのに、そのために実物を失うことになってしまうなんて、何てバカげた話だろう。


雅之が帰ってきたら、眠っている恵莉那を任せてソウくんの家に行こうと思っていた。

直接話して、無理やりにでも頼み込んで、ソウくんの部屋を見せてもらう。どこかに隠してあるんだとしても、四歳の子どもがやったことだ。少し探せば出てくるかもしれない。現物を手にして、「やっぱりここにあったんだ」と言えば——いや、見つかるだけでいい。今回のことは水に流すからソウくんにはよく言い聞かせておいてと言って、恵莉那にはソウくんが間違えてしまっちゃったみたいだと伝えて——それとも、きちんと謝ってもらった方が恵莉那のためにもいいだろうか。

雅之に〈今日はできるだけ早く帰ってきてもらえる？〉と短いメールを打ち、恵莉那の寝かしつけのために着替えていた部屋着からジーンズとカットソー姿に戻した。

〈了解、あと十五分くらいで出られると思うから上がったら電話する〉

雅之からの返信を読んで時計を見上げる。十五分後に会社を出るとなると帰宅は二十時過ぎ、そこから家を出て向かうとなると、ソウくんの家に着くのは八時半近くになってしまう。小さい子どもがいる家に押しかけていい時間ではない。でも、このまま時間をおいてしまったらますます状況がこじれてしまう気がした。あと十分、あと八分――時計の数字をにらみ、けれど結局私が雅之の電話に出ることはなかった。

その前に、ソウくんママが訪ねてきたのだ。

「ごめんなさい」

私がドアを開けるなり頭を下げた彼女は、両手に大きな画用紙を持っていた。「これ」と言いながら充血した目を伏せる。

「さっきゴミ出ししようと思って創平の部屋のゴミ箱を空けたら出てきたの」

おずおずと画用紙を広げ、私に向かって差し出した。私はぎこちなく固まった首を動かして見下ろし、息を呑む。

画面いっぱいに描かれた髪の長い女の人の絵。イラストのニコちゃんマークのように両目が笑顔の形になっていて、横には拙い文字で〈おかあさん〉と書かれている。

「初めは創平が描いた絵なのかとも思ったんだけど、あいつはこんなに上手くないし、あたしは髪短いし……それで、直香さんから電話があったことを思い出して……」

　恵莉那と交わした会話が脳裏に蘇る。

『あのね、ママ。せんせいがね、こんげつはエリナがすきなものをかきなさいって』

『あら、何描くの？　キリンさん？　いちごちゃん？』

『ふふーないしょー』

　恵莉那は、私の絵を描いてくれていたんだ。そう思っても、喜びはこみ上げてこなかった。だって、これは、ひどい。

　恵莉那の絵は、真ん中から少し右にずれたところで十字の形に破かれていた。黒と茶色のクレヨンを丹念に重ねて表現された長い髪は、私が普段から使っている臙脂色のシュシュでまとめられている。子どもの絵らしく、顔のパーツや指をきちんと五本描くために頭と手のひらが身体に比して大きいけれど、着ている服がマリンブルーと白のストライプカットソーとジーンズであることも見て取れた。恵莉那は、何度も私の姿を思い出しながら描いてくれたのだろう。手首にある少し大きめのほくろまでが再現されている。

　けれど、耳の横と顎の下には破れた無残なあとが走り、全体が皺くちゃになってしまっていた。震える手で受け取り、裏返す。破かれた箇所に沿って、セロハンテープが何枚も貼られている。

「なんとか直らないかと思ったんだけど、あたし、不器用で……」

ソウくんママの声がぶれた。彼女の方に顔を向ける。だけど焦点が合わなくて表情がわからない。青ざめていることだけが「どうしよう」という詰まらせた声でわかった。

「ごめんなさい、創平のこともちゃんと叱るから。ほんとはあいつにも頭下げさせるべきなんだろうけど、あいつトイレに立てこもっちゃって……とにかくまずは早くこれを返さなきゃって……」

頭の奥がじんと痺れて、上手く働かない。

「なんで、あいつこんなこと……ほんと、信じらんない。友達のもの壊して平気な顔してるようなやつに育てたつもり……」

ひどい、ともう一度思った。お腹の底が熱くなる。

「どうしてソウくんがこんなことをしたのか、わからないの？」

ソウくんママが、弾かれたように顔を上げた。

「うちはいつも恵莉那が絵を描いたら写真を撮ることにしてるの。今日、恵莉那がその話をしたら、ソウくん、バカじゃないの、って言ってたって。じゃあ、ソウくんちではどうするのって訊いたら、どうもしない、ファイルに入れておしまいって」

ソウくんママの両目が見開かれる。

「ねえ、今月の絵のテーマ、何だったか知ってた？」

「え？」

「『わたしの、ぼくの好きなもの』」

彼女の視線が、私の手元へと動く。〈おかあさん〉という字を読み取ったのがわかった。

「あたし、創平がなに描いたのかも知らない……」

ソウくんママが、呆然とつぶやく。こんなときでなければ、「大丈夫だよ」と声をかけてあげたくなるような心細そうな声だった。彼女もつらいんだと思おうとする。自分の子どもが友達の絵を破って捨てるような子だったと知ったのだから、ショックじゃないはずがない。もしかしたら、親という立場からすれば被害者より加害者の方がつらいのかもしれない。だけど、どうしても「もういいよ」とは言ってあげられなかった。

「ごめんね、せっかく来てもらったけど帰ってもらえる？」

私は、かろうじてそれだけを口にすると、答えを待たずにドアを内側に引いた。「直香さん」というつぶやきを締め出すようにドアを閉める。すぐにサムターンをつまみ、けれど何とか回すことだけはこらえた。きっとまだ彼女はドアの前で立ち尽くしている。鍵をかければ聞こえてしまうはずだ。

手の中で画用紙が乾いた音を立てる。破れたあとと皺が見えて胸が詰まった。

――恵莉那は、これを見たらどんな気持ちがするだろう。

恵莉那に伝えるべきか否か。絵を見せた方がいいのかそうじゃないのか。これから〈アトリエえふ〉には――ソウくんとは、どうつき合わせるのがいいのか。

冷静にならないと、と心の中で唱える。私が感情的になってこれ以上関係を悪化させてしまったら、恵莉那が困ることになる。

私はゆっくりと、鍵から指を離した。足を引きずるようにしてリビングに戻り、ダイニングテーブルに置きっぱなしにしていた携帯を持ち上げる。雅之の名前と着信を知らせる電話のマークが画面に現れて、それだけで少し喉のつかえが取れた気がした。

——雅之。

心の中で呼びかけながら、発信ボタンをタップする。耳に押し当てて息を細く吐き出していく。発信音が一回鳴りきらないうちに途切れた。

『もしもし、どうした』

畳みかけるようでありながら低く抑えた雅之の声音に、急に泣きたくなる。

「ごめんね、別に急ぎじゃないの」

その声は自分の耳にも動揺して聞こえた。

『急ぎじゃなくても、何かあったんだろ。何もなきゃ、直香があんなメールを打ってくるわけもないしそんな声を出すわけもない』

雅之は確信に満ちた口調で言うと、『このまま聞くんでも、急いで帰ってから聞くんでもいいけど、どっちがいい？』と少しだけ声を和らげる。

「……このまま」

『了解、じゃあ話して』

話し始めると、止まらなかった。本当は要点だけを話すつもりだったのに、雅之が、そのとき恵莉那は？　ソウくんはどうしてたの？　と質問を挟んでくるものだから、細かいところまで話してしまう。つい先ほど、ソウくんママが謝りに来たところまでを話し終えると、既に二十分が経過していた。

「ごめんなさい、長くなっちゃって」

『それはいいけど……』

雅之の声は、どことなく沈んでいるように聞こえる。

「ねえ、やっぱり今後のことを考えたら、きちんと恵莉那にも話してソウくんにも謝ってもらってすっきりした方がいいかな？」

そう尋ねた途端、雅之は『あ、ちょっと待って』と唐突に電話を切った。携帯を見下ろす間もなく、玄関から物音が聞こえてくる。ぎょっとして駆けつけると、開いたドアから雅之が現れた。

「何で……あれ、いつ電車乗ってたの？」

「タクシー。聞きながら帰った方がいいと思ったから」

雅之はネクタイを緩めながら靴を脱ぐ。玄関先に通勤鞄を置き、空いた手を私の頭の上に置いた。

「お疲れ、大変だったな」

一瞬だけ私の顔を覗き込むようにして言い、そのままリビングへと大股で進んでいく。

「それで、問題の絵は？」

「あ、テーブルの上に」

私は答えながら雅之の後を小走りで追いかけた。雅之がテーブルの前で立ち止まり、「なるほど」と小さくつぶやいて顔を上げる。

「どうしたの？」

「もしかしたら」

そこで言葉を止め、言いづらそうに一拍置いてから続けた。

「謝るのは僕たちの方かもしれない」


え、という声が喉から漏れた。

「どういうこと？」

答えを探して雅之の手の中の絵に目を向ける。だが、やはり何を言われているのかわからなかった。

雅之は口元に拳を当て、眉根を寄せる。

「洗面所のタオルの件、あれ、おかしいと思わないか」

宙を見つめて何かを読み上げるように言った。

「タオル？」

「いや、まあ恵莉那の話に……思い違いがないとしてなんだけど」

雅之は、「嘘」ではなく「思い違い」という表現を使って断りを入れる。

「直香が帰るとき、タオルにはクレヨンの汚れがついていたんだよな？　だけど、最初に恵莉那とソウくんが手を洗いに行ったときには汚れていなかったことを直香が確認しているし、その後クレヨンで絵を描いていた恵莉那は、トイレに行ったときもタオルは使わずにハンカチで手を拭いたと言っている。だったら、タオルはいつ汚れたんだ？」

タオル、クレヨン、汚れ——雅之が口にする単語を反芻する。だが、いまいち思考が追いつかない。——タオルはいつ汚れたか？

「恵莉那じゃないならソウくんでしょう？　恵莉那の絵を破ったときに手にクレヨンがついたからトイレに行ったときにタオルが汚れてしまったんじゃないの？」

「だったらソウくんは、いつ恵莉那の絵を破ったんだろう」

「だからそれは恵莉那がトイレに行ってる間に……あ」

私が声を上げると、雅之は静かにうなずいた。

「そうなんだ。トイレに行ったのはソウくんの方が先なんだよ。つまり、ソウくんが洗面所のタオルにクレヨンの汚れをつけるには、恵莉那がいる前で絵に触らないといけないことになる」

「恵莉那がいる前で絵に触った？」

私はオウム返しをしながら考える。それは、どういう状況だろう。絵を描いている恵莉那の隣でソウくんが電車のおもちゃで遊んでいる。ソウくんが恵莉那の絵を取り上げて、また戻す。それからトイレに行き、洗面所で手を洗い——ありえないことではない。

「そう、ありえないことではないんだ。でも、どうして恵莉那はその話をしなかったんだろう」

「ただ言い忘れちゃっただけじゃないの？　それか……わざわざそんなふうにソウくんが自分の絵に興味を持っていたって話をしたら、余計ソウくんが疑われることになると思って言えなかったのかも」

「なるほど」

反論してくるかと思った雅之は、意外にもあっさりとうなずいた。

「言わなかっただけ、か」

「それがどうしたの？　回りくどい言い方しないでよ」

「いや、僕もまだ考えが整理できていないんだよ。それに、推測が合っているという保証もない」

雅之は親指と人さし指で眉間を揉む。推測って？　と私が訊き返そうとしたところで、「だけど」と続けた。

「もう一つ気になっていることがあるんだ」

「気になっていること？」

雅之は小さく顎を引き、恵莉那の絵を顔の前に掲げる。

「どうして、ソウくんはこの絵を見て『みのむしみたいなの』って表現したんだろう」

「え？」

私は促されるようにして絵を見た。

「それは、恵莉那を傷つけようとして……」

「だけど、お母さんの似顔絵だろ？　手っ取り早くけなそうと思ったら、似てない、とか、ブスだとか、他に言いようがあると思うんだよ。なのに、虫だ。不自然だと思わないか」

たしかに、どこからどう見てもみのむしのような絵には見えない。恵莉那は絵が上手いし、しかもこの絵にはご丁寧に〈おかあさん〉とまで書いてある。たとえば横からや逆さまから見て文字が読めなかったんだとしても、そこに描かれているのが女の人の絵であることくらいはわかったはずだ。

「ソウくん、『みのむしみたい』っていうのを一番効く悪口だと思ってたのかな？」

「いや、そうじゃない」

雅之はやけにすばやく否定すると、画用紙をテーブルの上に載せた。両腕を伸ばして、手のひらを絵の破れ目に沿って置く。その瞬間、私は現れた絵に大きく息を呑んだ。

右上の切れ端——長い髪の先だけが描かれた紙だけを見ると、そこにはみのむしのような黒と茶色の線があったのだ。

「これ……」

「もしソウくんが恵莉那の絵を破ったんだとしたら、ソウくんはこの絵の全体を見たことになる。『おかあさんの絵』だとすぐにわかるはずだし、みのむしだという言い方にもたぶんならない。だけどソウくんはそう思わなかった。それは、二人がこの話をしていたとき、既にソウくんの目の前にあったのは絵の切れ端だったからなんじゃないか」

みのむしと言ったとき——既に絵は破かれていた？

「ソウくんの言葉を思い出してくれ。『エリナちゃんなにやってんの?』『なんで、そんなことやってんの』――恵莉那が絵を描いていたとして、今さら『なんでそんなこと』なんて驚くようなことじゃない。ソウくんは……恵莉那が自分で自分の絵を破っているのを見て驚いたんじゃないか」

――恵莉那が、自分で自分の絵を破った。

私はもう、相槌を打つことすらできなかった。雅之がまつげを伏せる。

「それなら、タオルの謎にも説明がつくんだ」

――そしてソウくんは、恵莉那の目の前で、破れた絵を手に取った。

リビングに沈黙が落ちる。

私は、震える足取りで子ども部屋へと向かう。音を立てないようにそっとドアを開けた瞬間、恵莉那がベッドの上でびくりと全身をすくませるのが見えた。

「……恵莉那」

ひっ、という声にならない叫びが恵莉那の口から飛び出す。

「ごめんなさいごめんなさいごめんなさい」

恵莉那がまるで呪文のように早口に言った。いつから起きていたんだろう。どこから両親の話を聞いていたんだろう。

私は照明をつけないままベッドの横まで進み、恵莉那の隣に腰をかける。恵莉那は顔中をくしゃくしゃにして泣きじゃくっていた。

「ごめんなさい、ママ、ごめんなさい」

怯えたような声音に、内臓が素手でつかまれたように鋭く痛む。本当に恵莉那が自分で絵を破ったの？　どうしてそんなことをしたの？　疑問が喉の奥でせき止められたように詰まる。すっと視界に影が差し込み、入口を振り向くと雅之がいた。その弱りきった顔を目にした瞬間、強張っていた指先が動くようになる。

気づけば、私は恵莉那を抱きしめていた。

「恵莉那、謝らなくていいの」

「ごめんなさい……あたし、じょう、ずに、かけなかった、から」

恵莉那が泣きじゃくる合間に言葉を紡ぐ。

あたし、上手に描けなかったから。

指先から腕へ、腕から肩へ、震えが伝わってくる。それが恵莉那の震えなのか自分の震えなのかはわからない。

『こんなんじゃ全然ダメなんだって！』

『ダメって言うと、子どもは自分が否定されたみたいに感じちゃうんだって』

『絵は上手に描けた？』

自分が口にしてきた言葉が頭をよぎる。

――私のせいだったのだ。

『ちがうの、ソウくんはわるくないもん。エリナがわるいんだよ』

泣きじゃくりながら繰り返していた恵莉那。

『なんで、そんなことやってんの』

『ママが、しゃしんとるっていうから』

納得がいく絵が描けなくて、そんな状態のものを母親に見せるのも写真を撮られるのも嫌で、衝動的に恵莉那は自分の絵を破った。けれど破ってしまってから、我に返ったのだろう。無残に破かれた絵を見たら母親はどう思うか。

私はたまらず、恵莉那の背に回した腕に力を込めた。

「いいんだよ恵莉那。上手になんて描けなくても」

恵莉那の小さな身体が跳ねた。それを境に、泣き声が一段と大きくなる。恵莉那が私の首に力一杯しがみついた。

「ママは、恵莉那が描いた絵ならどんな絵でも好き」

「それ、じゃ、がんばる、いみ、ないもん」

恵莉那が顔を真っ赤にして首を横に振った。私はいつの間にかそばまで来ていた雅之と顔を見合わせる。雅之がふっと笑みを漏らした。

「本当に恵莉那はママに似てるな」

私は泣き笑いのような表情を返しかけ、ハッと息を呑む。

――ソウくんは、恵莉那が自分の部屋に絵を捨てたことにも気づいていたのだろう。

それでも、恵莉那が怒られないように、何を訊かれようと答えなかったのだ。母親にすら

――たとえそれで自分が疑われようとも。

そして、ソウくんママは、ソウくんの部屋から絵が見つかったとき、すぐにうちまで持ってきてくれた。しらばっくれてもよかったはずなのに、彼女はそうしなかった。

恵莉那の身体から、少しずつ力が抜けていく。しゃくり上げる声が途絶えがちになり、私の膝の上からずるりと滑り落ちた。雅之が慌てて抱きとめ、抱え直してベッドに寝かせる。

「……ソウくんママに電話してくる」

私が小声で言うと、雅之は微笑みを浮かべていた口元を引きしめた。

「大丈夫か」

「頑張ってみる」

言い残して子ども部屋を後にし、電話をかける。私は、何度も謝り、包み隠さずにすべてを話した。夫から指摘されたこと、恵莉那が自分の絵を破った理由、私に怯えた恵莉那の顔、自分が何にも気づけずにいたこと――話し終わると、ソウくんママはふう、と長くため息をついた。

『もういいよ、わかったから』

「ソウくんママ……」

『その代わりさー』

彼女が出した不満そうな声に、ぎくりと背筋が緊張する。けれど彼女は笑みを含んだ声で続けた。

『ソウくんママって呼ぶのやめてくれない？　あたし、子どもの名前で呼び合うのあんまり好きじゃないんだよね』

言われた瞬間、そう言えば彼女はいつだってきちんと直香さんと呼んでくれていたと思い出す。強張っていた肩がふっと軽くなった。

「そんなことでいいの？」

『そんなことじゃないよ。ちゃんと呼ばないと許さないって』

彼女は凄んだ声で言ってみせると、『だって』と一気に声を和らげる。

『直香さんって気にしないでって言っても気にするタイプでしょ？　だから交換条件』

——気にしないでって言っても気にするタイプでしょ？

彼女はわかってくれているのだ。だからこそ、あえて「交換条件」を出してくれた——そう思った途端、霧が晴れるようにわかった。

これが、彼女の気の遣い方なのだ。

みんながどの席につくか迷っていたら真っ先に座ってしまうのも、メニューが決まらないときに自分の希望を言うことも、下手をすればわがままだと思われてしまう行為だ。だけど彼女がそう振る舞うことで、私たちは余計な気を遣わなくて済んできた。

『あたし、郷田史絵っていうの。ふみえとか、ふみちゃんとか、フーミンとか、まあその辺は好きに呼んでくれていいから』

——この人と、ちゃんと、友達になりたい。

初めて、そう思った。

私はゆっくりと口を開く。

「私、須山直香」

知ってるって、という柔らかい声が返ってきた。

願わない少女

ハート新人漫画賞　金賞

「プロメテウスの鎖」園田ユウ　十八歳

審査員評

〈綾野鳴〉

とにかく心情描写が素晴らしく、特に人間の弱さ、哀しさを正面から描いていることが高評価のポイントでした。主人公がライバルである親友を殺そうと考えるくだりにリアリティがあるのもそのためだと思います。コマ割りには若干の既視感があるものの、描写力や構成力、ストーリーを作る力が高く、これで十八歳というのは恐るべき才能です。

ただ、人の死というものは一番簡単に人の心を揺さぶることができるテーマです。キャラクターが死ぬことで涙を流させることは、厳しい言い方になりますが「当たり前」なのです。そうした意味で、この作品は少しずるい。とは言え、この短いページの中できちんとキャラクターに感情移入させたことには非凡さを感じます。

〈夏目ひかり〉

いつもこの選評では、「読む人にどう思われるかを意識しろ」と繰り返してきましたが、おそらくこの作者は読者がどう読むかを気にしていないでしょう。そんなことよりも描きたい、描かずにいられない、というエネルギーに圧倒され、独り善がりも突き詰めれば魅力になるのだなと考えを改めさせられました。

＊

目を閉じると、まぶたの裏に表情を失くした女の横顔が浮かんだ。だが、それは実在の人物ではない。悠子が描いた漫画の主人公だ。

たった今、目にしたばかりの光景が、振り払っても振り払っても脳裏にちらつく。

少しだけ癖のある顎のラインも、細かく区切られたコマ割りも、吹き出しの真ん中に書き込まれた丸みを帯びた字も、見た瞬間に悠子のものだとわかった。

わからなかったのは――どうして、自分がこんなところで目にしなければならないのかということだった。

「奈央！」

驚きを帯びた叫び声に、私は重たく感じられるまぶたをそっと持ち上げる。

目の前には、クリーム色のスチールの扉があった。所々塗料が剝げていて、ねずみ色の地肌が見えている。ドン、という衝撃が扉に当てた手のひらに伝わってきた。

「……やだ、嘘でしょ？」

かすれた悠子の声が、扉越しにくぐもって聞こえる。

「ちょっと、奈央、冗談きついって」

少しだけ滲んだ笑いが、かえって悠子の焦りを表現している気がした。怯えていることを自覚してしまったら、この状況が決定的になってしまうと思っているかのような。

——悠子は、私が本当に閉じ込めたりすると思ってるんだ。

そう思った途端、理不尽な苛立ちがこみ上げてくる。すっと息を吸い込むと、錆《さ》びた金属の苦いようなにおいが鼻孔《びこう》をついた。

ぎこちなく首を動かしてリノリウムの床を見下ろす。無数の靴跡に汚された灰色の上には、金の刺繡が施された朱色のお守りと紺色の大学ノートが落ちている。置いたのか、落としたのか、それとも投げ捨てたのかは記憶にない。ただ、悠子から渡されたときの自分の手が硬く強張っていたことだけは鮮明に覚えている。

いつか絶対漫画家になれるようにと願いを込めて二人で買った神社のお守り、〈ネタ帳〉と題された古いノート。そこには悠子が考えたネタだけではなく、私が書き続けてきた、悠子の漫画への感想も詰まっている。

『これ、よかったら』

悠子はさっき、たしかにそう言って、私にお守りとノートを差し出してきた。私は受け取り、悠子が手を離すのを見届けるまで、悠子の行動の意味するところを理解できなかった。

悠子はもう、こんなものを必要としていない。

言葉として考えたのと同時に、指先が急速に冷えて痺れ始める。

――悠子にとって、漫画家になることはもう夢ではないのだ。

「ねえ、悠子」

私はそっと囁くように呼びかけた。通学鞄の中には、悠子と色違いで買った臙脂色の表紙の大学ノートが入っている。〈ネタ帳〉というタイトルと、本名を元にしてつけ合ったペンネームが書かれたノートを、今すぐこの場で破り捨ててしまいたくなる。

――こんなもの、何になるというんだろう。

細かな震えが足元から這い上がってくる。

「このまま、冬休み明けまで誰も来なかったらどうなるのかな」

私のつぶやきに悠子が動きを止めたのが、扉の外側からでもわかった。膝の裏を撫でる空気はぞっとするほど冷たいのに、前髪の生え際に汗が浮かぶ。目眩《めまい》がして、視界が急に暗くなった。

終業式とホームルームが終わって二人で下駄箱まで行ったところで『あ、そうだ』と声を上げたのは悠子で、『ちょっと部室に寄ってもいい?』と言い出したのも悠子だった。私が無理やり連れてきたわけでも、中に押し込んだわけでもない。

――私がしたのは、ひとりでに閉じた扉のダイヤル錠を回したことだけ。

残像がちらつく合間に蘇ったのは、今から五年前――中学一年生の頃の、まだにきびが目立っていた悠子の顔だった。

『ねえ奈央、知ってる？　漫研の幽霊の話』

悠子はほんの少し舌っ足らずな口調で言うと、斜めに傾いたメガネの奥の細い目をさらに細めた。

私はたしか、悠子ったら今度はどこから聞いてきたの、と苦笑したはずだ。いとこ、と悠子は声のトーンを落として短く答え、早口に続けた。

『いとこの友達の友達が昔うちの学校の漫研に入ってたらしいんだけど、夏休みとか冬休みとか、そういう長い休みの後に部室のドアを開けると、壁一面に赤い文字が浮かび上がるんだって。タスケテタスケテタスケテって筆ペンで殴り書きしたみたいな雑な字で、あっと思ったときにはもう消えてるの。だけど何人も目撃した人がいて、見た人たちはおんなじように部室に閉じ込められて――そのまま行方不明になっちゃう。夏休みの直前にその子は部室で漫画を描いてたんだけど、誰かがそれに気づかずに鍵をしめちゃったらしいんだよね。夏休み中ずっとそこに閉じ込められてて餓死しちゃった子が幽霊になって、その子は一人じゃさびしいから……』

またありがちな、と口を挟むと、悠子はどこかほっとしたように頬を緩めた。

『ほんと、よくある話だよね』

あっけらかんとした言い方なのに、悠子が通学鞄の取っ手を指が白くなるほど強く握っているせいで、すがりつくような声に聞こえてしまう。私はふっと息を漏らした。夢のために努力を続けていて、他のことになんて惑わされたりしない悠子が、怖がっている。でも怖いとは言えなくて信じてないふりをして笑いながら否定してもらうのを待っているんだと思うと、何だか胸の奥がくすぐったいような気がした。

『奈央は、この話本当だと思う？』

悠子は、真剣すぎる目で私を見て腕をつかんできた。ぺたりとした手のひらの感触を肌で感じる。

『本当なわけないじゃん。そんなの閉じ込められたらどうしようって思った子が考えた作り話に決まってるよ。だって……ほら、見た人が幽霊に閉じ込められていなくなっちゃうんなら、その話が広まってるのがおかしいでしょう？ それに夏休み明けでも冬休み明けでも起こるっていうのも変だよ。夏休みに死んだ子の幽霊だって話なら、夏休み明けだけじゃないと筋が通らないじゃない』

ひと息に言うと、悠子は、ぽかんと口を開いたままぎこちなくうなずいた。私は、小首を傾げてみせる。

『助けてって文字が壁に浮かび上がるのもそれっぽいけど何か違う気がするな。部室にあるのは紙とペンと漫画くらいだから何か書きたくなっても不思議じゃないけど、壁に書こうとは思わないだろうし、気持ちが文字になって現れるんだって話だとしても、だったら何で筆ペンで書いたみたいな字なのか説明がつかないよね』

五年前の自分が口にした言葉をなぞるように思い出しながら、私は唇を歪める。今考えれば、拙い説得だ。だけどあのとき、悠子の表情は私が理由をつけ足すごとに和らいでいった。

「ちょっと、本気で怒るよ。早く開けて」

悠子が扉を揺さぶる音が、少しずつ大きくなっていく。悠子の口調は叩きつけるような強さを持っていて、思い出の中のすがりつくようなべたつきは皆無だった。

「そうだ、悠子」

低く呼びかけると、ぴたりと音がやむ。びりびりと震えていた扉も止まり、静寂が落ちた。私は生まれた空白を埋めるように続ける。

「漫研の幽霊の話、覚えてる?」

「……奈央、何言ってるの」

悠子は、今度こそ声に怯えを滲ませた。

「中一の頃、悠子が言ってたでしょう? いとこに聞いたって」

扉の奥からは答えが返ってこない。

「私、あれから図書館とかで調べてみたんだけど、ああいう話、全国的にいろんな学校にあるらしいね。場所は部室じゃなくて、体育倉庫とか理科準備室とかの方が多いみたいだけど」

こめかみの奥がガンガンと脈動を伴って痛む。

「あの話って、浮かび上がってくる赤い文字がどんな字か、とか比較的どうでもいいディティールはあるわりに、閉じ込められた人がどんな時間を過ごしたかっていう肝心の部分がないからあんまりリアリティがないんだよね」

どうすれば、悠子を傷つけることができるんだろう。

何を言えば——悠子まで届くんだろう。

私は切実な思いで言葉を重ねる。

「餓死なんて、すぐにはしないじゃない？　喉が渇いて、おなかがすいて、飲むものも食べるものもなくて、助けを呼べば呼ぶほどもっと喉が渇いて、なのにトイレにだって行きたくなる。こんなところで漏らしたりしたら発見されたときに恥ずかしいし絶対に嫌だって思うんだけど、でもいつかは我慢しきれなくて漏らしちゃう。服だって汚れちゃうし、きっとにおいもするし、それこそ本当に死にたくなるんだろうなって、そういう細かいことを考えてたら、やっぱりこの怪談にはリアリティが足りないんだって思ったんだよね」

「お願い、奈央。早く開けて」

悠子の声に、はっきりとした怒りと切迫感が混じる。答えずにいると、ドン、と強く扉を叩く音が続いた。

私はこみ上げる何かをこらえるために目をきつくつむる。

——どうして、私は親友の成功を喜ぶことができないんだろう。

それとも、こんなふうに関係がこじれてしまう前だったら違ったんだろうか。悠子、おめでとう。すごいじゃん。そう笑って、悠子の手を取ることができたんだろうか。

「このまま悠子が誰にも見つけてもらえずに死んだら、私にもリアリティがある漫画が描けるのかな」

暗く歪んだ自分の声が耳に届いてハッとする。私は取り返しがつかないことをしてしまったんじゃないか。——いや、今ならまだ引き返せる。ごめんごめん、冗談だって。やだ悠子ったら本気にした？　そう笑って鍵を開ければ、悠子は怒りながらも許してくれる——本当に？

悠子は表面上はなかったことにしてくれるかもしれない。だけどもう、悠子が私を心から信用してくれることは、きっとない。

扉の向こう側で悠子が後ずさる気配がする。

私は、震える足を引きずるようにして扉から離れた。

＊

悠子と出会ったのは櫛鳥《くしどり》短期大学付属櫛鳥学園中学校に入学したばかりの頃で、そのときも私は自分が取り返しがつかないことをしてしまったのだと感じていた。

学習机の上には、どこの景色だかわからない海のジグソーパズルが広がっていた。小さなヨットが点在している他には微かなグラデーションしかヒントがない単調な写真で、まだ枠となる端の部分しかできていない。ただ延々と色別にピースを選り分けていると、引き戸の隙間から「すみません、本日そちらに入学する首藤《しゅどう》奈央の母親ですが」という沈んだ声が漏れ聞こえてきた。

「娘が熱を出してしまいまして……ええ、残念ですが今日は」

思わず腰が浮いて、「ちょっと！」という怒鳴り声が口から飛び出す。「あ、いえ、すみません……それでは失礼します」早口に続けられた母の言葉に、自分の声が電話の相手にも聞こえてしまったのだと気づいて余計に頭に血が上った。

「ちょっと！」

もう一度怒鳴りながら引き戸を開けると、受話器を両手で握りしめた母がびくりと肩を縮める。被害者になりきることに躊躇いがないしぐさが癇に障って、「は？」という声が裏返った。

「信じられない、本当に電話したの？」

「だって……奈央ちゃんが、行かないって言うから」

母が指先をいじりながら上目遣いの視線を向けてくる。私は唇をわななかせた。行かないわけないじゃない。誰のせいでこんなことになったと思ってんの。二つの言葉が同時にこみ上げてきたせいで喉に詰まって出てこない。

「あーもうほんと最悪」

私は手にしていたピースを床に投げつけ、踵《きびす》を返した。思いきり音を立てて引き戸を閉めると跳ね返ってまた開いてしまい、身をすくませた母と目が合う。舌打ちをして閉め直しても気持ちが収まらなくて壁を拳で殴りつけた。ダン、という音と衝撃が身体に直接響いて手が痺れる。

ちゃんと、あんたのせいだと言ってやればよかった。これで完全に乗り遅れたし、私の中学生活は台なしになる。あんたがしたのはそれくらい重大なことなんだと思い知らせてやればよかった。

机の上で色分けされていたピースを腕で払う。バラバラと落ちる音は思いの外小さくて、母のいるリビングまで聞こえているのか心もとなかった。私はベッドに飛び乗り、布団にくるまってわざと泣き声を上げる。くぐもった泣き声が、母の耳にまで届くように。

けれどそのうちに本当に悲しくなってきて、どうすればこの場所から抜け出せるのかわからなくなった。布団の隙間から、床に散らばったピースとチェックのスカートが見える。

グレーのチェックのスカートに紺色のブレザー、白いシャツに水色のリボン――母が慌てて買い揃えてきたアイテムは、たしかに櫛鳥学園の制服に似ている。だけどよく見れば生地も色も形も違うのは明らかだった。こんなものを着て入学式になんて出られるはずがない。

入学式に制服が間に合わなかったのは母が注文しなかったせいだ。そして、母が注文しなかったのは、私が櫛鳥学園に入学するということにギリギリまで納得できなかったからだった。

「首藤奈央は、塾において初の城見学院合格者になる」というのは、受験が終わるまでは家でも塾でもほとんど既定事実のように思われていた。城見学院は都内で最も偏差値が高い中高大一貫の共学校で、模試でA判定を取れたのは私しかいなかった。

試験当日に塾の先生が何人も応援に来て大声で激励されたのは恥ずかしかったが、そのせいで必要以上に緊張したわけではない。体調が悪かったわけでも、ペース配分を間違えてしまったわけでもない。手応えは悪くなかったし、実際、塾の先生がどこからか手に入れてきたという解答速報でした自己採点でも合格ラインに到達していたはずだ。

なのに、私は落ちた。

ケアレスミスをたくさんしてしまったのか、名前を書き忘れてしまったのか、解答欄がずれていたのか——塾の先生たちは口々に嘆き、中には『ちゃんと確認しろと言っただろう』と詰《なじ》る人さえいたが、母は面と向かって私を責めることはなかった。ただ、合格発表の日から何日経っても泣きやまなかった。

『どうしてこんなことになっちゃったの。かわいそうに。奈央ちゃんは悪くないのよ。お母さんが悪いの。お母さんがもっと頑張ればよかった』

母は、私が塾から帰ってきて寝るまでの二時間、毎日勉強につき合ってくれた。塾の弁当も常に栄養バランスを意識したものを作り、送り迎えもしてくれた。湯島《ゆしま》天神に毎日通ったら子どもが合格したという話をどこからか聞いてくると、その日から毎日、湯島天神に通い続けてくれた。三カ月もの間、雨の日も電車が事故でひどく遅れている日も、一日も休まず。

母がもっと頑張ることなんて一つもなかった。

『お母さん、ごめんなさい』

『奈央ちゃんが謝ることなんてないの。お母さんが悪いのよ』

私は四つ受けた学校のうち、城見学院以外は全部受かっていたが、城見学院の手応えが悪かったわけではなかったから、それ以前に受けていた二つの滑り止め校には入学金を払っていなかった。

『どうして払っておかなかったんですか、それじゃ滑り止めの意味がないじゃないですか』

母は塾の先生に怒鳴られて以来、食事もまともに摂れなくなった。

『ごめんね、ごめんね。お母さん、奈央ちゃんが大丈夫だって言うから……どうしてお母さん、こんなにバカなんだろう。もう嫌になる。ごめんなさい奈央ちゃん、お母さんが全部悪いの』

許せなかったのは、母が入学金を払っていなかったことでも、結局入れる中学校が偏差値で言えば受験した中で一番下の櫛鳥学園しかなかったことでもなく、母が謝り続けることだった。ごめんなさい奈央ちゃん、お母さんが全部悪いの。母はそう繰り返したが、母は何も悪くなかった。落ちたのは私、大丈夫って言ったのも私。

いつの間にか涙も声も止まっていて、眉間の奥が重く痛んだ。どうしよう、と上手く働かない頭で思う。また、お母さんにひどいことを言ってしまった。お母さんは悪くないのに。布団の中の淀んだ空気が湿度を増す。——どうして私はこうなんだろう。

入学式だって、お母さんが言う通り別の服で出ればよかっただけかもしれない。なぜ制服じゃないのかと訊かれたら、注文し忘れちゃって、と恥ずかしそうに答えてみせればよかっただけだ。なのにどうして、こんな格好で行けるわけがないと当たり散らしてしまったんだろう。

私は布団の端を強く握り、唇を噛みしめた。

結局、制服は日曜日の夜になって届き、次の月曜日に初登校すると、もうクラス内のグループのほとんどはできてしまっていた。いや、今考えればまだ完全に出来上がっていたわけではなかっただろう。けれど、笑顔で挨拶を交わし合い、入学式当日にあったことを語り合うクラスメイトの中に入っていくことが私にはできなかった。自分が転校生になってしまったような気がした。それも、クラスメイトが関心を払う余裕がない入学式の直後の。

悠子に声をかけたのは、彼女もまた一人でいたからだ。強い癖っ毛で、丸いメガネをかけていて、少しだけ猫背の悠子は、お世辞にもかわいいとは言えなくて、入学式の日に学校に行っていてもどこのグループにも入れなかったんだと思うと、そんな子と友達になるのは気が進まなかった。だけど仕方ない。一人でい続けるよりはマシだと、自分に言い聞かせた。

だが、悠子と話してみて、私はすぐに自分の思い違いに気づいた。悠子もまた、入学式の日に休んでいたのだ。私も休んだの、と返すと、悠子は顔を輝かせた。

「もしかして、首藤さんも『ハート』買いに行ってたとか？」

「え？」

何を言われているのかわからなくて、私は目をしばたたかせる。すると悠子は「ええ！」と芝居がかった声を上げて大仰にのけぞった。

「まさか、『ハート』知らない？　漫画雑誌の」

「『ハート』はわかるけど……」

「何だ、よかった」

悠子は胸を撫で下ろすしぐさをしてから、勢いよく身を乗り出してきた。

「今月号、もう読んだ?」

私は言葉に詰まる。『ハート』は小学五年生の冬頃までは毎月買って読んでいたが、六年生になる頃から母に買うのを止められていた。学校で友達から借りて読ませてもらうことはあったけれど、受験の直前からは一度も手に取ってすらいない。どう説明すればいいかと思考を巡らせたところで、悠子が答えを待たずに続けた。

「ほら、綾野鳴先生の『いっせーっの!』、ずっと休載してたじゃない? それが今月号から連載再開したんだよ」

興奮を抑えきれないというように小さな唾を飛ばして言う。

「次号予告で見てからもういてもたってもいられなくて、入学式の前だとまだ本屋さんが開いてないし、学校が終わるまでなんか待てないし」

私は唖然として悠子を凝視した。

「それで、入学式を休んだの?」

「だってやっと出たんだよ?」

悠子はあっさりと言うと、目を細めた。

「読み始めたら止まんなくてさ、気づいたら『いっせーっの!』以外のも読んでて、入学式終わっちゃう時間になってて。もうお母さんには怒られるし大変だったよ」

言葉に反してまったく大変そうではない表情に、全身から力が抜ける。

――そんなことで、休むなんて。

悠子は黙り込んだ私に構わずに鞄から『ハート』を取り出し、嬉々としてどこが面白かったかを話し始める。散々好きにしゃべってから、不思議そうに首を傾げた。

「あれ、そう言えば首藤さんは『ハート』のためじゃないなら何で入学式休んだの?」

本当の理由は誰にも言うつもりはなかった。違う学校に行くつもりだったから、なんて言ったら嫌われるに決まっている。訊かれたら、風邪ひいちゃって、と無難に答えようと決めていた。

なのに、気づけば私は正直に話していた。受験に失敗したこと、母が泣き止まないこと、制服が間に合わなかったこと——吐き出すように話してから、湧き上がってきた後悔にぎくりとする。どうしてこんなことを話してしまったんだろう——

けれど悠子は、何事もなかったかのようにまた『ハート』を開いた。まだ漫画の話をするつもりなんだろうか、と呆れていると、少し誇らしげな笑顔を向けてくる。

「ねえ、首藤さん。これ見て」

悠子が言いながら『ハート』の間から取り出したのは、たしか数年前に『ハート』の付録でついてきていたキャラクターノートだった。子どもっぽすぎるデザインと擦り切れた表紙を悠子がめくる。

「まだペンネームとか考える前に応募したやつだから、本名で恥ずかしいんだけど」

ノートの見返しに貼ってあったのは、ハート新人漫画賞の発表ページで、悠子の指先を視線でたどると、「あと一歩」の作品のコメント欄があった。

〈「君へのチケット」真田《さなだ》悠子　十二歳
非常に若い作者ですが、日常を丁寧に切り取ろうとする姿勢に好感が持てました。ただ、主人公が相手の男の子に好意を抱いていく展開にリアリティがないのが残念です〉

息を呑む音が、口から漏れた。

「努力賞ですらないから、担当編集がついたわけでもないんだけど」

悠子はまつげを伏せてそっとノートを閉じる。真田悠子、という活字がまぶたの裏から消えなかった。

「実はあたし、小学生の頃いじめられてたの。暗いとか変わってるとか言われて……でも、漫画を描くようになってからは何を言われても前ほど気にならなくなったんだよね」

悠子は、くたびれたノートを胸に抱えてはにかむように言った。

「あたしね、漫画家になりたいんだ」


夢があって、そのために努力をしていて、しかも手が届きそうだという人に、私は初めて出会った。

もちろん、小学生の頃にも夢を語る子は多く存在した。

アナウンサーになりたい、野球選手になりたい、ピアニストになりたい——みんな「夢は？」と訊かれれば口々に答えたし、それに対して「おまえには無理だ」とは暗黙の了解として言わないことになっていた。みんな、おそらくは心の中でそれが「期間限定の夢」であることに気づいていたのだと思う。まだ未来が決まっていない小学生だからこそ許される華やかな空想に過ぎないのだと。

その証拠に、どうすれば夢が実現できるかを具体的に考えて本気で努力している子は一人もいなかった。漠然と「自分ならなれるかもしれない」と信じていて、同じくらいの曖昧さで「実際になれることはないだろう」と感じていたのだろう。

悠子を前に、私はそう気づかざるを得なかった。なぜなら、悠子だけが違っていたからだ。漫画家になるためには、デビューしなければならない。デビューするためには、持ち込みで認められるか新人賞に入選するかしなければならない。持ち込みや応募をするためには、漫画を完成させなければならない。完成させるためには、ストーリー構成力と画力を身につけなければならない。悠子は淡々と言いながら指を折っていき、それからパッと手を開いてノートに押し当てた。

「そう考えると、時間なんていくらあっても足りないよね」

だから、彼女は優先順位をはっきり決めている。親に失望されることも、クラスで一人になってしまうことも、彼女にとっては大した問題ではないのだ。そう思った途端、灯《あか》りがともるように胸が熱くなるのを感じた。

真田さんってすごいね。私が唇を開きかけるのと、悠子が「それに、あたしには淳子がいるし」と続けたのが同時だった。

突然現れた名前に、頭から水をかけられたように気持ちが冷える。「ジュンコ?」小さく訊き返すと、悠子は「うん、親友なんだ」と屈託なく言って口角を持ち上げた。

「五年生の途中で転校していっちゃったんだけど、離れてからも手紙でつながってるの」

「へえ、そうなんだ」

さりげなく答えたつもりなのに、相槌を打つ声がほんの少しぶれた。悠子はうん、ともう一度噛みしめるようにうなずく。

「淳子はね、歌手になりたいんだって。あの子、そのためにボイストレーニングもしているし、大好きなチョコだって太るからって食べないんだよ。関西の方に行っちゃったからなかなか会えないんだけど、でも、いつかオーディションに受かったら一番に連絡してくれることになってるの。あたしもね、ちゃんとデビューできたら真っ先に淳子に報告するつもり」

自分の前ではっきりと線を引かれたのがわかった。同志と、それ以外。

「あたし、あの子がいるから頑張れるんだと思う」

悠子が、そう誇らしげに言った瞬間だった。

気づけば「私も」と言い返してしまっていた。

「実は漫画家を目指してて……」

自分でも、どうして突然そんなことを言い出してしまったのかわからなくて語尾がかすれる。

けれど悠子は聞き逃さなかった。

「え、嘘、そうなの？」

悠子の手が私へと伸びる。真新しいブレザーの腕をつかんだ力は強かった。

「どこかに応募したりしてるの？　漫研入る？」

まくし立てる悠子の勢いに押されながら、どうしよう、と泣きたくなる。

漫画なんて描いたこともないし、描きたいと思ったこともない。読むことは人並みに好きだったけれど、自分が創る側になりたいとは思いつきもしなかった。

でも、今さら嘘だなんて言えるはずがない。

「ううん、応募とかはまだ……」

私は視線をそらして曖昧な笑みを浮かべてみせた。どうして、よりによって同じ「漫画」にしてしまったのか。音楽でも、小説でも、詩でもいい。創造的な夢であれば何でもいいはずだった。別の夢だという方が嘘がバレにくいし、ライバルにもならずに済むというのに。

「嬉しい。今まで、周りに漫画家を目指している人っていなかったの」

——漫画家を目指している人。

「よかったら今度読ませてよ。あたしのも読んで感想聞かせてほしいし」

「でも……お母さんに反対されてて」

咄嗟に口から出てきたのはそんな言葉だった。

「今まで描いてきた漫画は捨てられちゃったの。道具も……取り上げられちゃって」

言いながら、鉛《なまり》を飲み込んでいるかのように喉から胃にかけてが重くなっていくのを感じた。嘘じゃない、と自分に必死に言い聞かせる。たぶん、お母さんは私が漫画を描くと言い始めたら本当に反対するはずなのだから、と。

「そんな、ひどい」

悠子の両目が大きく見開かれた。

「捨てられたって、全部?」

うん、と答えるのが精一杯だった。悠子が両手で口を覆う。あ、と思ったときには、もう悠子の目から涙がこぼれ落ちていた。身体に衝撃と圧迫感を覚えて、抱き寄せられたのだと気づく。

「かわいそうに。つらかったよね」

耳元で悠子のかすれた声が聞こえた瞬間、全身に電気が走ったように痺れた。

まるで、本当に母に描いた漫画を捨てられたような錯覚が湧き上がってくる。こんなものをやってるから城見学院に落ちたんでしょう。やめてよ、お母さん——そんな会話を交わしたことすらあったかのように。

「作品は元には戻らないかもしれないけど、でも、道具とかは漫研で借りられるみたいだし」

悠子はそこで言葉を止めると、慌ただしく鞄を探り始めた。中から使い込まれたペンを取り出し、差し出してくる。

「これ、あげる」

「え？　でも……」

「大丈夫、これからは二人で頑張ろう？」

私はその日、悠子と別れるなり近所の区立図書館へ向かった。『漫画入門』『漫画家になろう』『デッサンの基本』――めぼしそうな本を片っ端から抱え、駆け込むようにして貸出カウンターへと向かう。手続きをしてもらっている間も落ち着かなかった。もし、こんな本を借りているところを悠子に見られたりしたら。悠子とは最寄り駅が違うし、そもそも住んでいる区すら違うのだからこの図書館で会うことはまずないとわかっていても、うるさい鼓動が収まらない。顔を伏せたまま差し出された本を通学鞄に押し込んだ。

私は借りてきた本を貪《むさぼ》るように読み、ひたすらノートにペンを走らせ続けた。昔、同じ子ども会で班長を務めていた年上の幼なじみが美大に通っていることを思い出すと、教えを乞いにも行った。

「ふうん、おまえが漫画ね」

イチ兄はおかしいことでも耳にしたように口元を歪め、おもむろに手を出した。

「いいぜ、見てやるよ」

「あの……今日は持ってきてなくて」

「ここで描けばいいだろ」

イチ兄はあっさりと言うとどこからか紙とペンを出してきた。

「でも……」

「描き終わったら声かけろよ」

返事をする間もなく踵を返し、油絵のキャンバスに向かう。私はペンを握ったまましばらく立ち尽くしていた。

結局、私が描いたのは『ハート』でよく目にするような女の子の絵だった。キラキラとした大きな瞳、唇や歯の描かれない口、つんと尖った鼻と顎――拙さは残るものの、自分でも「それらしい」絵が描けた気がしたのだが、イチ兄は顔をしかめた。

「デッサンが狂ってる」

そう言うイチ兄の前には、ほとんど写真かと思うような写実的な風景があった。

「だって、漫画だもん。そういう絵とは違うよ」

「どこが違うんだ」

「そんなふうにリアルに描いたら何か怖いし、かわいくない」

イチ兄は数秒黙ったものの、それには答えず、

「もう一枚同じ絵を描いてみろ」

と言った。有無を言わさぬ空気に戸惑いながらも、私はもう一枚描いて見せた。するとイチ兄は「やっぱりな」とつぶやく。

「やっぱりって？」

「これのどこが同じ絵なんだ」

言われてみると、二枚の絵は似ているようで違った。片方は目が少し垂れて離れ気味だが、

もう片方は平行で寄っている。それぞれだけを見ればそういうキャラクターに見えるが、二つ並べると髪型や服装が同じだけに違和感が強かった。

「デッサンが狂っている証拠だ。おまえが言うリアルじゃない絵を描く漫画家だって、その前に散々デッサンをやってきてるんだ。写実的にも描こうと思えば描けるところから、わざとデフォルメして描いてるんだよ。だから何度描いてもぶれないで同じキャラクターは同じように描ける」

私は黙り込んだ。イチ兄の言うことはもっともだ。だが、今デッサンから始めていたのでは間に合わない。

イチ兄は腕を胸の前で組んでしばらく唸ると、唐突に踵を返し、部屋の隅に置かれていた段ボール箱を開けた。中から音を立てて本を取り出していき、やがて「あった」とつぶやく。

「ほら、これ貸してやるよ」

イチ兄に渡されたのは、古い漫画だった。線が細く、全身のスタイルは写実的に描かれているのに、顔だけがきらびやかなのがどこか耽美《たんび》的な絵だ。

「これ、何?」

「若草しおり。知らないか?」

イチ兄の言葉通り、表紙には〈若草しおり〉という名前がある。だが、私は名前を聞いたこともなければ、絵を見たこともなかった。小さく首を振ると、イチ兄は汚れた指先で頭を掻く。

「まあ、かなり昔の人だからなあ。奈央くらいの歳だと知らないか」

「そうなの？」

「でも彼女はデッサン力も高いし勉強になるはずだ。試しに読んでみろよ」

そんなことをしている場合じゃない、というセリフを飲み込んで、何気なくページをめくる。

「あ」と声が漏れたのは、見開きを大胆に使った二人の男女が向かい合うシーンを目にしたときだった。

『奈央くらいの歳だと知らないか』

たった今、イチ兄が口にしたばかりの言葉が、天啓のように心に響いた。

一からデッサンの練習をしたり、ストーリーを考えたりしていたんじゃ、時間がかかりすぎる。今まで漫画なんて描いたことがないと、悠子に知られてしまう。

——だけど、この人の漫画をそのまま描き写すのなら。

私はイチ兄に背を向け、漫画を鞄の中に押し込んだ。


一番緊張したのは、最初に漫研で漫画を描いてみせたときだった。

四月の三週目の月曜日、その日から体験入部が始まるのは知っていたし、悠子が初日から漫研に行こうと言い出すだろうことも予想できていた。

だから私は、それまでに若草しおりの漫画を繰り返し模写して、主人公の女の子の絵だけならば並べて描かなくてもそれなりに描けるようにはなっていた。

でも、短大までエスカレーター式でつながっている櫛鳥学園の漫研は、それぞれの人数が少ないこともあって中高が一緒に活動している。いくら古い漫画とは言え、高校生の先輩たちの中には若草しおりを知っている人もいるかもしれない。

もし、若草しおりの絵に似ていると言われたら？　ただ好きだから影響を受けているという程度の言い訳で通用するものなのだろうか？

やっぱりお母さんにダメだって言われちゃって、と悠子に言おうと何度も思ったけれど、どうしても言えなかった。だってそんなことを言えば、親に反対されたくらいであきらめるなんてその程度なんだ、と失望されてしまう。悠子がくれたペンを返すなんて考えられなかった。

だが、幸か不幸か、漫研には若草しおりを知っている人はおらず、私の描く絵がただの真似に過ぎないのだと気づく人は誰もいなかった。

私は毎日学校から家に帰るなり若草しおりの漫画を開き、その上に薄い紙を敷いてなぞり描きした。途中で紙がずれてしまったり、細かいところは透けて見えなかったりして、結局外して見比べながら写すしかないことの方が多かったが、そのおかげか少しずつ若草しおりの癖のようなものがわかってきた。

彼女の描く女の子の頬はふっくらとしていて柔らかい。瞳の中は、大きな黒い丸を二つの白丸が挟むように並んでいて、その団子のような三つの丸をギザギザの線が囲んでいる。まつげは目尻にいくほど長く、下まつげは短いもののびっしり生えている。全体の印象としてはちゃんと「漫画っぽい」のに、よく見ればそれぞれのパーツは写実的で妙に迫力がある。

私は漫画をページごとなぞり描きし、さらにその絵を見ながらもう一枚同じページを描き上げてページを覚え込んだ。漫研では、それをさもその場で悩みながら描いているような顔をしながら再現してみせるだけだった。

コマ割りに迷うことも、途中まで描いたページを描き直すこともない私のことを、漫研の先輩たちは「すごい」と評したし、悠子も「どうしよう、こんなに上手い子が親友なんて、悔しいけど嬉しい」と頬を紅潮させた。

私は「そんなことないよ」とまず否定してから、言葉を探す。

「違うの、これは……前に描いたやつを描き直しただけだから」

この言葉自体には嘘はない、と自分を励ますように考えると、ほんの少しだけ呼吸が楽になった。けれどそれはまやかしで、またすぐに息が苦しくなってくる。褒められれば褒められるほど、足場がどんどん小さくなっていくような気がした。

本当にすごいのは悠子の方だ。悠子は漫研に正式に入部してすぐ、書き溜めていた漫画を持ってきて先輩たちに見せた。先輩たちは興味深そうに次々に手に取り、「すごい、これ本当にあなたが描いたの？」と目を丸くしたり、読み終わっても頬を引きつらせたまま何も言わなかったりした。

ある先輩は「すごいね」と吐息混じりにつぶやいた後、こう続けた。

「ちゃんと最後まで描けてるし、お話になってるし」

熱に浮かされたような口調からも、先輩が本当に感心していることは明らかだったが、悠子はさっと顔を強張らせた。

「ありがとうございます」とだけ答えた声もどこかぎこちない。一体、どうしたというのだろう。不思議に思って帰りに尋ねると、悠子は悔しそうに「だって」と声を震わせた。

「最後まで描けたなんて、そんなの褒めてないじゃん」

「そう？ 私もすごいと思うけど」

「プロのピアニストに最後まで弾けてすごいって言う？」

悠子は自分がプロになるという明確なビジョンを持っているのだと思うと、足元から武者震いのようなゾクゾクする震えが這い上がってきた。誇らしかった。いつか絶対にプロになる悠子の作品を、誰よりも先に読めるということが。

最初に借りた若草しおりの漫画を模写し終えてしまう直前になって、私は慌ててイチ兄に続きを借りに行った。

面白かったから続きが読みたい、とそれだけを伝えたのに、イチ兄はニヤリと意味深な笑みを浮かべ、「ここで一枚描いてみろよ」と、最初に来たときと同じように紙とペンを渡してきた。

「……ここで？」

「ああ、描き終わったら声かけろよ」

イチ兄はまた以前と同じように言ってキャンバスに向き直った。

私は重く感じられる身体を動かして、椅子に座る。ペンを握って紙の上にペン先を置いたけれど、どうすればいいのかわからなかった。

——ここでいつもの絵を描いたりしたら、イチ兄にはバレてしまう。私が、ズルをしていることを。

「今日はちょっと……手が、痛くて」

「腱鞘炎《けんしょうえん》か？　おいおい、描きすぎだろ」

イチ兄は言葉とは裏腹に嬉しそうに目を細めた。

「しょうがないな。じゃあとりあえず今日のところはタダで貸してやるか」

別にどちらにしろお金をとるわけではないのに「タダで」と表現するところがイチ兄らしい。

私はそのことと安堵にホッと息を緩めた。

だが、別の部屋に引っ込んだイチ兄が持ってきたのは、若草しおりの漫画ではなかった。

「イチ兄、これじゃないよ」

「それも面白いぜ」

イチ兄は飄々と答えると、唇の端を歪めるように持ち上げた。

「あんまり同じ漫画家の本にのめり込むと癖が移るからな」

ぎくり、と全身が強張る。イチ兄は気づいているのかいないのか、楽しそうに続けた。

「既にいる漫画家と同じ絵が描けるようになったってしょうがないだろう？　この世に同じ漫画家はいらないんだから」

まだイチ兄の前で絵を描いたわけでもないし、イチ兄が悠子や他の漫研の人たちとつながっているわけもない。だから、イチ兄が気づくはずがない。そう思うのに、疑念が振り払えなかった。

――イチ兄は、本当のことに気づいているんじゃないか。

その上で、私を試しているんじゃないか。

そう考えた次の瞬間、ふいにイチ兄はキャンバスに顔を向けて「夢ってのはさ」とつぶやいた。

「見ている時間が長いほどあきらめられないものなんだよ。こんなに長い時間を費やしたんだから何もないままじゃ終われないって……まあ、根が貧乏性なんだよな」

小さく苦笑し、「おまえは夢に潰されないうちに叶えろよ」と早口に続けると、自分の言葉に照れたように荒々しく筆を動かし始める。

私は、うなずくこともできなかった。耳たぶが熱くなって、イチ兄の顔が見られなくなる。

そのままほとんど逃げるようにしてアトリエを後にした。本当のことを知ったら、きっとイチ兄は許してくれない。そう泣き出したくなるような気持ちで書店へと向かう。

――とにかく、若草しおりの漫画を手に入れなければならない。

もう引き返すわけにはいかなかった。ここで違う漫画家の漫画を模写したりすれば、今まで描いてきた絵が自分のオリジナルではなかったことがバレてしまう。続きでなくてもいい。あの漫画家の作品でさえあればいい。そう思って書店だけでなく街中の古本屋も巡ったのに、一冊も見つからなかった。

私は四軒目の古本屋を出て、呆然と立ち尽くした。みんなが知らないくらい古い漫画だったら真似をしてもバレないかもしれない——そう考えたことが、仇《あだ》になるなんて。

結局、私が選んだのはイチ兄に本当のことを話すという道だった。このままだと、漫研のみんなに——悠子にバレてしまう。だったらまだイチ兄にバレてしまう方がマシな気がした。

若草しおりの模写を自分の作品として周りに見せてしまったこと、友達に嫌われたくないこと、本当に漫画家になりたいと思っているわけではないからこの漫画家に迷惑をかけることはないと思うこと——私が言い募る間、イチ兄はほとんど表情を変えず、言葉も挟まなかった。ただ、話し終えたときにひと言「模写したやつ、見せて」とだけ言った。

イチ兄は私からノートを受け取ると、時間をかけて一ページ一ページを見た。落ち着かなかった。自分の作品ではないが、自分が描いた絵ではある。イチ兄は元の漫画を知っているのだから、上手く模写できていないところもわかるはずだ。せめて直接重ねてなぞり描きしたやつだったら、と歯噛みした。それならもう少し上手く描けているのに。

そして、そこまでしたというのに、イチ兄は若草しおりの漫画を貸してはくれなかった。

「もう若草しおりのタッチは覚えたんだろう。だったら、こっちの漫画のストーリーを若草しおりの絵で描けばいいだけじゃないか」

そんなこと簡単に言わないでほしい。美大生であるイチ兄にはできることなのかもしれないが、自分には無理だ。私は必死に反論したけれど、イチ兄は聞き入れなかった。

「嫌なら、友達にも今みたいに洗いざらいしゃべることだな」

イチ兄が怒っているのはわかった。それも当然だと思う。せっかく応援して漫画を貸してくれたのに、自分はそれをズルのために使っていたのだから。だからイチ兄はこんな無茶を言うのだろう。だけど、今さら悠子に本当のことを言えるはずなんてない。イチ兄の言う通りにするしか方法はないように思えた。

私は若草しおりの漫画と新しい漫画を並べて、泣きながら描き写した。もう直接紙を載せてなぞり描きするわけにはいかない。夜中になっても描き終わらなくて、それでも明日にはまた悠子の前で描かなきゃいけないと思うと投げ出して眠ることもできなかった。

——もし、この漫画を読んだことがある人がいたら。

絵は違うけれどストーリーには見覚えがあると言われたらどうすればいいのだろう。それに、当然のことながら前回までの若草しおりの漫画とは話がつながっていない。

私は仕方なく少しずつ展開を変えることにした。舞台を女子校から共学校に変え、登場人物の性別を逆にし、セリフを違うものにする。万が一似ていると指摘されても、偶然だと言い張れるように。

その作業は、単純に丸ごと描き写すよりもなぜかずっと後ろめたかった。

ハート新人漫画賞は、年二回募集がある。四月末応募締め切り、六月発表のものと、十月末応募締め切り、十二月発表のものだ。

悠子は毎年必ずその二回に応募する、というのを自分に課していて、だからいつも十一月の頭にある文化祭の準備にはほとんど参加しなかった。

櫛鳥学園の文化祭は、吹奏楽部や演劇部、軽音部など体育館の舞台上で催し物をする部もあることにはあるが、基本的にはクラス単位の出し物がメインだ。中学一年生のときにはおばけ屋敷、二年生ではクレープ屋、三年生ではクラス劇だった。そこまでは担任が監督に入って曲がりなりにも全員に仕事を割りふっていたから顔を出さなければならない日もあったが、高校生になって「生徒の自主性」とやらに任せられるようになると私たちの出番はなくなり、自分のクラスが文化祭で何をしようとしているのかさえよくわからなくなった。

もちろん、占い屋をやる、喫茶店をやる、といった大枠についてはホームルームで話し合っているわけだから知らないわけではない。だが、タロットを使うのかそれとも水晶を使うのかといったことや、誰が占い師を担当して誰が教室の飾り付けをするのかといった詳しい情報はまったく耳に入ってこなかった。

それはおそらく、クラスの中心にいる子たちが休み時間やお昼、放課後に盛り上がって決めていることで、そこに参加できるのは放課後も教室に残って「何かやることない?」と彼らに話しかけた人たちだけなのだろう。

文化祭当日の居場所を得るためだけにそれまでの一カ月間放課後を潰して教室に居続けるクラスメイトたちを横目に、私と悠子は毎日部室へと急いだ。

悠子との間で話題に上るのは、次のコマ割りをどうするか、登場人物の感情はどう変化するかといったことばかりで、文化祭の出し物について話すことはほとんどなかった。一度部室のドアを閉めて机の上に紙とペンを広げてしまえば、クラスのことなど気にならなくなった。とにかく、目の前にある漫画を描き上げなければならない。完成させて、応募しなければならない。そう言って原稿にかじりつく悠子につき合い、私も隣でペンを動かし続けた。悠子は応募作に関してはスクリーントーン一枚を貼るのさえ誰の手も借りずに自分でやりたがったから手伝うことは何もないが、私に隣にいてもらいたがった。だって、奈央がいてくれると頑張ろうって気になってくるんだもん、そう恥ずかしそうに言われると、クラスなんかじゃなくて悠子につき合ってよかったと思えた。

面倒だったのは、高二のときだった。そのときクラスを仕切っていたのはそれこそ少女漫画の主人公のような喜怒哀楽が激しい子で、彼女は何かトラブルが起こるたびに大騒ぎし、それが解決すると涙を流して周囲と喜び合っていた。

彼女がいくつめかのトラブルとして選んだのは、私たちが準備に参加しないことだった。彼女は文化祭をクラスが一つになるためのイベントだととらえ、参加しない子がいる状況を憂えていたらしい。大きくキラキラした瞳に涙を溜めながら、私と悠子に詰め寄った。

「どうしてちゃんと参加してくれないの？　クラスのみんなは頑張ってくれてるのに」

私がまず引っかかったのは、参加してくれない、頑張ってくれてる、という表現だった。「クラスの」と言っていても本当は「自分のため」だとしか思っていないのが透けて見えてぞっとする。

クラスのみんなって、私たちもクラスの一員なはずなんだけど、と思ったけれど、彼女は自分が無意識のうちに目の前の二人を「クラスのみんな」から除外していることには気づいていないようだった。

「あたしたちも一応クラスの一員なんですけど」

悠子が皮肉げな口調で言ったので、私は思わず快哉《かいさい》を叫びたくなる。だが、それでも彼女は意味がわからなかったのか、眉をしかめて「だから」と語気を強めた。

「こうやって誘ってるんじゃない。参加した方が絶対楽しいから声をかけてあげたのに……」

「そうだよ、自分たちがクラスの和を乱してるくせに何その態度」

彼女をかばうように一歩前に踏み出してきたのは小熊さんという女子陸上部の副部長で、漫画の悪役のようなその登場の仕方に、私は反射的に「バカみたい」と鼻を鳴らしてしまう。その途端、彼女たちの顔色がサッと変わった。

「ひどい」

涙を流してうつむいた片割れを、小熊さんは「もういいよ、こんな子たちの言うことなんて気にすることないよ」と抱き寄せる。その瞬間、私は悟っていた。彼女たちは、私たちを本当に準備に参加させたくて話しかけてきたわけじゃない。ただ、「クラスを一つにする、という目標に向かう充実した自分たち」を再確認したかっただけなのだと。

だから私たちは絶対に準備には参加しなかった。悠子が十月末に漫画を応募し終えても部室に通い続けた。

文化祭当日、私たちは下駄箱から直接部室に向かった。やることはいつもと変わらない。悠子は漫画を描き続け、私は借り物の作品を描くふりをするだけだ。悠子は原稿に目を向けたまま唇の端を持ち上げた。

「申し訳ないよね。彼女たちの青春につき合ってあげられなくて」

悠子が冷笑を浮かべて言うと、胸の奥でつかえていたもやもやがすっと溶けてなくなるのがわかった。

「でも、仕方ないよね。こっちの方が大事だし」

「あたしたちも損だよね。もっと他の子みたいに普通のことで満足できたらいいのかもしれないけど」

悠子は肩をすくめて言ったが、おそらく悠子以外の子が口にしたのなら鼻白むセリフだっただろう。だけど、悠子にはそれを言う資格がある気がした。

悠子は人に作品を読まれて「すごいね」と言われてもそれだけでは喜ばなかった。「具体的にはどこがすごいと思った?」と詰め寄り、「ダメだったところは? 個人的な感想でいいの。思ったことをそのまま教えてほしい」と続けて相手の返答をメモした。

悠子はハート新人漫画賞に落選するたびに涙を流して悔しがり、そのたびに私は悠子を抱きしめて慰めてきた。

「大丈夫、大丈夫だよ悠子。悠子なら絶対にいつかプロになれる」

「どうして上手くいかないんだろう。あたし才能ないのかな」

「そんなことないよ。私、悠子の描く漫画好きだもん」

悠子は私にしがみつき、ごめんね弱音吐いて、でも奈央にしかこんなこと言えなくて、と声を詰まらせた。泣きじゃくる悠子の華奢な背中を撫でながら、私は胸が熱くなるのを感じていた。

強くて、すごくて、かっこよくて——でも、私がいないとダメな悠子。

その悠子が、「これでダメならあきらめる」と言い始めたのは高三の春だった。

悠子は今できるすべてを注ぎ込んだから、と頬を紅潮させて言い、私はなぜかそのことに不安を覚えた。正直なところ、その作品がそれまでのものとどう違うのかは私にはよくわからなかった。だけど、悠子がそこまで言うのなら、本当に彼女はこの回で賞を獲るかもしれない。

そう思うと胸のざわつきがひどくなった。

そして私は、その作品が落選したとき、いつものように悠子を抱きしめて背中を叩きながら、気づかざるを得なかった。

悠子のことを一番に応援しているはずの自分が、心の底では悠子の落選を喜んでいるのだということに。

悠子がプロになってしまうのが怖かった。だって、そうなったらもう私は追いつけない。同じではいられなくなってしまう。

これ、何で主人公がこの人を好きになるのかわからないよ。リアリティがないっていうか。ここで一回喧嘩になるシーンを入れた方がリアリティがあるんじゃない?

そんなふうに言い合いながら、『ハート』が発売されるたびに悠子と他の漫画よりも先に新人発掘コーナーを読むのは、自分だけの特権だったはずだ。あたしたちって変だよね、と悠子はいつも私に笑いかけてきた。だってふつうの子が一番に読むのって『ブーゲンビリア』でしょ。いきなりこんなところ読んでるのあたしたちだけじゃない？

——ずっと、二人で漫画家を目指し続けていければいいのに。

そんな思いは当然言葉にはしなかったし、態度にも出さなかったはずだ。けれど悠子はまるで思いを見透かすかのように、私の腕の中からすっと身を引いた。

「ねえ、奈央は次は応募しないの」

「私なんて、まだまだ無理に決まってるよ」

私は苦笑しながら返す。悠子は不満そうに口を尖らせた。

「そんなのわからないじゃん。それに、応募しないんじゃ今自分がどのくらいの位置にいるかわからないよ。それじゃ目標も立てようがなくない？」

悠子が言うことはもっともだったけれど、うなずくわけにはいかなかった。応募なんてしたら、バレてしまうかもしれない。いくら悠子や漫研の先輩たちにはバレなかったと言っても、編集者や選考委員の先生が見ればわからないはずがない。

「でも、応募しようにも完成した作品がないし」

「奈央はどうして最後まで描かないの？」

「どうしてって……だって上手く話がまとまらないから……」

「違うでしょ？」

鋭く遮られて、全身が強張る。まさか、悠子は本当のことを——

だが、悠子はじっとりとにらみつけるような目で私を見て言った。

「完成させなければ批判されることもないからだよね。あたし、そういうのってずるいと思う」

私は、何も答えることができなかった。


悠子との関係が破綻してしまうとしたら、それは自分の漫画がたくさんの漫画家の作品を継ぎ接ぎしただけのものであることを知られたときだと、ずっと思ってきた。

悠子は泣きながら私を糾弾し、私はひたすら謝り続ける——そんな劇的な展開になるのだろうと。

ごめんね、私、悠子と友達でいたくて、だから……そんなセリフを思い浮かべるたびに、胸の内がチリチリと痛んだ。悠子はきっと、私に怒る、呆れる、失望する。

悠子に本当のことがバレてしまう悪夢も何度も見た。

夢の中で、悠子は若草しおりの漫画を手にしている。

「これ、どういうこと？」

まるで汚いものにでも触るように、親指と人さし指だけで漫画の端をつまみ上げ、冷たい視線を向けてくる悠子に、私は「ごめんなさい」と繰り返すことしかできない。悠子は苛立ちをあらわにした声で「ごめんなさいじゃなくて」と言ってため息をつき、「信じられない」と吐き捨てる。

「あたしもバカだよね。親友だと思っていた人に五年も騙されてたなんて」

親友だと思っていた人——過去形の表現に足がすくんで、「違う」と言い返す声が上ずる。

「私、悠子と友達でいたくて……」

「だからって、こんなことする？」

悠子は心底軽蔑しきったような目で私を見る。

「そうやって自分はズルしながら、ずっとあたしのことバカにしてたんでしょ？」

「そんな」

「必死になってバカみたいって。こんなの他の漫画を真似しちゃえばいいだけなのにって」

「違うの、私はただ悠子に」

「呼び捨てにしないで」

悠子は低く言いながら若草しおりの漫画を投げ捨て、唇を歪める。

「あんたなんか、もう友達でも何でもないんだから」

膝から力が抜けて、私はその場にくずおれる。涙が溢れ出すのと同時に「泣けば許してもらえるとでも思ってるわけ？」という声が頭上から降ってくる。泣き止まなければと思うのに涙が止まらない。

どうして、こんなことになってしまったんだろう。何を言えば状況を変えられるんだろう

――頭を掻きむしってうずくまり、死にたい、と思ったところで目が覚める。

視界にクリーム色の天井が現れて、頭の後ろに枕の柔らかい感触を覚えても、私はしばらく夢と現実の境がわからなかった。今見た夢は、本当に夢なのか。実際にあったことではないのか。震える手で頰に触れるけれど、夢の中であれほど溢れていたはずの涙はひと筋も流れていない。

膝に力が入らなくて、ベッドから降りると足がふらついた。しばらくして少しずつ意識がはっきりしてくることでようやく「ああ、夢だ」と思えるようになる。

――やっぱり、本当のことを話した方がいいのかもしれない。

せめて自分から正直に話せば、悠子だってあそこまでは怒らないかもしれない。失望するだろうし、怒りもするだろうけれど、友達でも何でもないとまでは言わないかもしれない。そう自分を励まして、若草しおりの漫画を通学鞄に押し込む。けれど、悠子の顔を見た途端、何も言えなくなってしまうのだった。

悠子にだけは知られたくない。そう思う一方で、心のどこかでは全部知られて断罪される日を待ちわびていた。悠子との仲が深くなればなるほど、細い塔がどんどんと積み上げられていくほど、台が歪《いびつ》な形をしていることが恐ろしくてたまらなくなった。いつか失われてしまうのなら、今のうちに倒してしまった方がいい。そうすれば、また一から積み上げ直すことだってできるかもしれない。

だが、実際に訪れた破綻は劇的でも何でもなかった。塔が崩れるような衝撃もなく、ただ和音の中に一つずれた音が混じっているような違和感しかなかった。

悠子は、少しずつ漫画の話をしなくなっていった。漫研の活動をたびたび休むようになり、放課後には「用がある」と言って先に帰ってしまうことが増えた。まさか、私がしてきたことがバレてしまったんだろうか。私は考えたが、だとすればなぜ悠子が直接糾弾してこないのかがわからない。

何度も思い返していくうちに思い至ったのは、最後に悠子がハート新人漫画賞に落選したときのことだった。

『奈央はどうして最後まで描かないの？　完成させなければ批判されることもないからだよね』

そう口にしたときの冷ややかな悠子の声が脳裏に蘇る。もし、悠子がその思いを引きずっているのだとしたら。

それはぎくりとさせられることではあったが、絶望的な事態ではないように思えた。悠子の言う通りに最後まで描けば、悠子は許してくれるということなのだから。

私は初めてオリジナルの話を描いてみることにした。どの漫画も開かずに、瞳を閉じてキャラクターやストーリーやコマ割りを思い描く。今まで漫画を描き写していたときと同じように、頭に浮かんだ映像を紙に描きつけていく。その作業は想像していたよりもスムーズに進み、だからこそ私は愕然とした。

――これは、どこからどこまでが誰の真似なのだろう。

特定の漫画を開いて描き写しているわけではないからこそ、判断することができない。どこを直せば真似じゃなくなるのかもわからなかった。

次をどうしようか、と迷ったときにも、今までのように誰かの漫画を開いて描き写すわけにはいかない。

——悠子は、ずっと、こんなことをしていたんだ。

自分がしてきたことは、悠子がしてきたこととまったく違うのだと実感すると、オリジナルの作品を完成させるまでは悠子と元の関係に戻れる日は来ない気がした。

いや、逆に言えば私は信じていたのだ。完成させることができさえすれば、また悠子と元の関係に戻れるのだと。だから、悠子が今までのように作品を読ませてくれなくても、夏休みの間に遊ぶ日が減っても、我慢することができた。

だが、やがて私は自分の思い違いに気づかされることになった。

夏休みが明けて、初めて完成させた作品を悠子に手渡しても、悠子の態度が変わらなかったのだ。

「ごめん、まだ読んでないや」

悠子は一週間経ってもそう言うだけで、何のコメントもくれなかった。私は途方に暮れた。だったらどうすれば悠子は機嫌を直してくれるのか。

悠子は夏休みの間に塾に通い始めたらしく、まるで私に見せつけようとするかのように「由香がね」と繰り返した。

由香——耳慣れない名前がクラスメイトの小熊さんのことだと気づいて愕然とする。

一年前、小熊さんが口にした言葉が耳の奥で反響した。自分たちがクラスの和を乱してるくせに何その態度。もういいよ、こんな子たちの言うことなんて気にすることないよ。

悠子だって、小熊さんをバカにしていたはずだ。あたしたちも損だよね。もっと他の子みたいに普通のことで満足できたらいいのかもしれないけど。

悠子はいつの間に小熊さんと仲直りしていたのだろう。いつの間に、名前で呼ぶような仲になったのか。

「うちの学校からあの塾に行ってるのうちらだけだから話すようになったんだけど、話してみたら何だいいやつじゃんってお互い」

「……悠子、バカみたいだって言ってたじゃない。夢も持たずにただ何となく大学に行くなんて」

私の言葉にも、悠子は、ね、と言って共犯めいた笑みを浮かべる。

「由香には聞かせられないけど」

悠子の声には、もう見下すような響きはなかった。言葉を失った私には構わず、はにかむように両目を細めて続ける。

「あの子、ほんと真面目だから」

私は顔を強張らせた。――どうして悠子は、私に何の相談もせずに塾に入ったんだろう。悠子は、こんなふうな話し方をする子だっただろうか。

悠子は赤いインクがついた指をどこかいとおしそうにもう一方の手の指先で撫でる。

「結局のところ、あたし、うらやましかったんだと思う。叶わない夢ばっかり追いかけてるんじゃなくて、きちんと前を見てて、地に足をつけて青春を楽しんでる子たちが」

悠子はそこで言葉を切った。私はひとまずその先に続く言葉を待ったけれど、悠子はそのまま口を閉じてしまう。

うらやましかった？　この子は、何を言ってるんだろう。

信じられなかった。登校するときも、教室移動でも、お昼ごはんを食べる間も、放課後も、ずっと二人で一緒にいた悠子が、自分を裏切るような言葉を口にしているのだということが。私は、唇がわななきそうになるのをぐっと引きしめることでこらえた。

悠子が小熊さんを通してクラスメイトと仲良くするようになって、私の周りにも変化が訪れた。クラスの中心人物たちが話しかけてくるようになったのだ。

体育の授業には毎回模範演技をさせられているバレー部の高遠くん、学年で一番人気がある斎藤くんとつき合っているという美人で大人っぽい三島さん、足が速くてスタイルが良く、クラスで何かを決めるときに発言権を持っている安田さん――今まで、私たちがすれ違いざまに投げかける会釈を当然のように無視していた彼らは、手のひらを返したように私たちに微笑みかけるようになった。

おはよう。宿題やってきた？

だるいよねー。

これ新商品なんだって、一個食べる？

そんな他愛もない言葉だったけれど、それさえも今まではかけられたことがなかった。私は、そう、気づいてしまう。

二学期が始まってひと月が経つ頃、向かい合って購買のパンをかじっていると、悠子が「そうだ」と切り出してきた。

「明日から、お昼休み由香たちと一緒でもいい？」

黙り込んだ私に向けて、声のトーンを上げて続ける。

「何か、お昼に文化祭の打ち合わせをするらしくて」

――文化祭の打ち合わせ。

悠子は今年は文化祭に参加するつもりなんだと思うと、内臓に直接水をかけられたように身体の芯が冷えていくのを感じた。

「だったら私は行かない方がいいんじゃないの」

それだけを答えるのが精一杯だった。悠子は口を「あ」の形に広げて身体の前で手を振る。

「やだ、大丈夫大丈夫。由香は奈央も一緒でいいって言ってたから」

悠子は私より先に小熊さんたちに許可を取ったんだと思うと、クリームパンしか入っていないはずの口の中がざらりとした。

『あたしには淳子がいるし』

出会ったばかりの頃、悠子が何度も口にしていた名前が蘇る。

親友なんだ。いつかオーディションに受かったら一番に連絡してくれることになってるの。

あたしもね、ちゃんとデビューできたら真っ先に淳子に報告するつもり。あたし、あの子がいるから頑張れるんだと思う——やっと、悠子の口から淳子という名前が出なくなってきたはずだったのに。

私は顔色を変えないように注意しながら「別にいいけど」とつぶやいた。

翌日、悠子に連れられて小熊さんたちのグループの席に向かうと、小熊さんは言った。

「首藤さんって、漫画好きなんだって？」

「うん」

答える声が少し震える。小熊さんは日に焼けた頬をニヤリと歪めた。

「ああ、何かそんな感じ」

耳の裏がカッと熱くなる。そんな感じってどんな感じなんだろう。ただ、それがいい意味で使われていないことだけはわかる。

私と小熊さんの間に、悠子がひょいっと顔を突っ込んだ。そのまま、私の前に立つ。まるでかばうみたいに。

「あたしも漫画好きだけど」

「はいはい、悠子はニセモノだから」

「ちょっと由香、ニセモノって何よー」

悠子と小熊さんが小突き合うのを、私は黙って見ていることしかできない。悠子、由香——悠子は、私への当てつけのためにこんなことをしているんだろうか。そう考えた途端、すとんと腑に落ちた。そうだ、当てつけだ。悠子はこうやって、他にも親しい子はいるのだと見せつけることで私を焦らせようとしているんじゃないか。——「淳子」という名前を口にしなくなった代わりに。

「私、あれ読みたいんだけど、『ささくれ』。首藤さんコミックス持ってる?」

『ささくれ』は男性漫画雑誌『ミーツ』に連載されている漫画で、男女を問わず人気があった。だけど、過激な描写が物語の筋と関係なく入ってくるところがあまり好きじゃなくて買っていなかった。悠子とも散々こき下ろしていた作品だ。

「……持ってない」

「えー?」

小熊さんが不愉快そうな声を上げる。その責めるような声音に、私は咄嗟に続けてしまう。

「買うつもりだったけど」

悠子がパッと私を振り向いた。細い目が見開かれている。私は奥歯を強く噛みしめた。

——どうして、そんな目で見るの。

私だって、『ささくれ』を買いたいわけなんかない。既刊だけで十巻、一冊が三百六十円として、三千六百円——それだけのお金があればスクリーントーンセットが買えるのに。

「やった! じゃあ貸してくれる?」

小熊さんが私の二の腕を無造作につかんだ。拒絶されるかもしれないなんて想像したことすらないような力強さに、私はたじろぐ。

「あ、うん」

「ありがとー！　首藤さん大好き！」

小熊さんがはしゃぐ声音で言って、私の肩にしなだれかかってきた。すかさず悠子が小熊さんの頭をはたく。

「由香、あんた調子よすぎ」

「悠子も借りれば？」

「いいよ、あたしはあれ、あんまり好きじゃないから」

悠子はあっさり言って私を見た。その真っ直ぐな視線にとらえられた瞬間——私は思わず小熊さんの腕を振り払ってしまっていた。

「は？」

小熊さんが声を尖らせる。私は慌てて踵を返し、その場を立ち去った。

「ちょっと、何あれ」

「ごめんね、悪い子じゃないんだけど」

背後から響いてきた悠子の声は、どこか笑いを含んで聞こえた。

二十三、二十四、二十五、と内心で数えながら足を順番に動かしていく。九十四、と上まで登り終えるまでに息が完全に上がってしまう。悠子と一緒に登校していた頃はこんなふうに朝から疲れていた気がしないのに。

疲れたあ。ね、何なのこの坂。そう言い合っていた記憶はある。だけど、こんなに足が重く

感じられたことはなかった。応募の締め切り前で、悠子の家に泊まり込んで徹夜をした翌日で

あっても。

マフラーの毛がうなじに触れて気持ち悪い。校門の前で一瞬だけ立ち止まると、額にじわり

と汗がにじんだ。耳の横を鋭い風が通って、ハッと顔を上げる。自転車を立ち漕ぎしながら何

かを叫び合っている男子の一人がこちらを見ながら通りすぎていくところだった。私はまた、

慌てて歩き出す。

明日から、冬休みが始まる。

夏休みのことを思い出すと、恐ろしかった。高二までの夏休みは、ほとんど悠子の家で漫画

を描いて過ごした。だけど今年は、悠子と遊べた日は八日しかなかった。それ以外は、おばぁ

ちゃんの家に行っただけだ。

冬休みは夏休みほどは長くないけれど、クリスマスとお正月がある。クリスマスには悠子の

家でケーキを食べながら漫画の話をして、お正月には一緒に初詣に行って受賞の祈願をするの

がお決まりのコースだったのに。

教室に着くと無意識のうちに悠子の席に目を向けていて、そこにまだ鞄がないのを確かめる

とそれだけで身体が重くなった。見えない力に引き寄せられるようにして窓へと向かう。

教室の窓から校庭を見下ろしていると、悠子と小熊さんがじゃれあいながら登校してくるの

が見えた。

小熊さんが悠子の肩を気やすく叩いた。悠子はくすぐったそうに身をよじらせる。

頭の中が真っ白になる。そのスクリーンに映し出されるようにして、過去の映像が浮かび上がってきた。


その日は中学校の卒業式だった。櫛鳥学園は高校募集がなくてほとんどメンバーは変わらないから形式的なものだったけれど、記念撮影もするし卒業アルバムも作るしそれなりに重要なイベントだった。それなのに、悠子と私は卒業式を休んだ。通学途中、私が新作に着手したと話したからだ。

「早く読ませて」

「でも、卒業式始まっちゃうよ」

「そんなことよりこっちの方が大事」

悠子は奪い取るようにして私からノートを受け取ると、駐車場のブロックに腰かけて読み始めた。私は悠子の傍らに座ってうつむく。——そんなの、どうせ真似しただけのやつなのに。

遠く、学校のある方からチャイムの音が響いてきたけれど、悠子は一度も顔を上げなかった。背中を丸め、食い入るようにノートに顔を近づけ、一コマ一コマを読み、ゆっくりとページをめくった。

悠子が読み終わった頃には、もう卒業式は始まってしまっていた。

「どうする？　これからでも行く？」

「んー、いいや。それよりこの話ってこの後どうなるの？」

あっさりと言う悠子に、私は苦笑した。

「悠子、入学式も卒業式もサボりじゃない」

すると悠子は不揃いな前歯をほころばせて笑った。

「あ、そういやそうだ」

『いっせーっの！』が好きで、早く続きを読むために入学式をサボった悠子。作者である綾野鳴先生が選考委員をしているという理由で『ハート』の新人漫画賞に応募することにした悠子。その悠子が、私の漫画を読むために、卒業式を休んでくれた――


私は、ぎこちなく固まった上体をそろそろと時間をかけて窓から引き剝がした。ポキッという細い枝を折るような音が左肘から響いてくる。微かに痺れた手のひらを見ると、サッシのあとが赤くくっきりと刻まれていた。

窓から離れて教室を振り返る。瞳がひどく乾いていた。全体的に緑がかった視界には、机と椅子とまばらな人影が沈み込んでいる。

悠子が小熊さんと連れ立って教室に入ってくるのが見えた。反射的にうつむくと、追うように声がかかる。

「あ、奈央おはよー」

「おはよう」

私は、うつむいたまま短く返した。本当は、顔を見たくなかった。話をしたくなかった。充実感を溢れさせている顔、冬休み中もスケジュールが詰まっているという話――だけどそれでも私は、悠子と話をすることでしか間を持たせられない。

足を引きずるようにして悠子の席へと向かうと、悠子は「奈央、ちょっと」と小声で言って顔の横で手招きをした。その親しげな動作に胸が高鳴る。――もしかして、新作ができたんだろうか。

ひょこひょことポニーテールを跳ねさせる悠子の後ろ姿を凝視しながら後に続くと、悠子は廊下に出るなり足を止めた。私を振り返り、耳元に口を寄せてくる。

「あのね、あたし城見学院大に推薦決まったの」

城見学院大学――それが、城見学院中学校からエスカレーターで行ける大学だと思い至るのに時間がかかった。六年前、母が自分を入れたがっていた名門校。母は私が受験に失敗して以来、決して自分からは大学という進路を口に出さなくなった。付属の短大に進学するのはほとんど決まりきったことで、私自身もう違う方向性など考えていなかった。それなのに、胸がざわつく。

悠子は、いつの間に推薦入試を受けていたのだろう。私に何も言わずに――そう考えて身体から力が抜ける。

悠子は、塾の友達に相談していたのだ。

おめでとう、とそう言わなければと口を開く。けれど、かさついた唇からは言葉が出てこなかった。

——どうして、私は親友の成功を喜ぶことができないんだろう。

それとも、こんなふうに関係がこじれてしまう前だったら違ったんだろうか。悠子、おめでとう。すごいじゃん。そう笑って、悠子の手を取ることができたんだろうか。

何も言えずにいると予鈴が鳴った。終業式に向かう間には小熊さんがいたから悠子と続きを話すことはできず、タイミングをはかっているうちに終業式もホームルームも終わってしまう。

夜にでも電話をかけるしかないかと思い始めた頃、珍しく小熊さんが先に帰り、悠子と二人になった。よかった、これで落ち着いて話せる——そう思った途端、「あ、そうだ」と悠子が声を上げた。

「ちょっと部室に寄ってもいい?」

部室、という単語に、安堵のため息が漏れる。——悠子はまた私と一緒に漫画を描くつもりなんだ。今までと同じように。

だが、部室に行き、悠子がロッカーを開けると、中からは悠子の漫画セットがそのまま出てきた。

Gペンは埃を被っており、ノートは丸めて奥に突っ込まれていた。ページを開くと、表情を失くした女の横顔が現れる。

癖のある顎のライン、細かなコマ割り、吹き出しの中に書き込まれた丸みのある字——見た瞬間に悠子のものだとわかった。

わからなかったのは、なぜ自分がこれをこんなところで目にしなければならないのかということだった。こんな——捨てられているみたいな。

「これ、よかったら」

悠子は、ゆっくりと私にお守りとノートを差し出してきた。漫画家になるという悠子の夢を支えてきたはずの——私が悠子に贈ってきたものたち。

「あたし、漫画はやめることにしたの」

感覚を断ち切られたように、周囲から音が消える。

中学受験に失敗したのも、悠子と漫画を描くためだったと思うから、受け入れられた。文化祭に参加できなくても、悠子と二人で漫画を描くためだと思えば気にならなかった。なのに
——

ぐらぐらと揺れる視界の中で、悠子がひどく大人びた笑みを浮かべた。

「奈央には才能があると思う。漫画、これからも頑張ってね」

——なのに、悠子がそれを言うの。

*

部室の扉に手を当てると、無機質な冷たさが伝わってきた。

「ごめんね、悠子。本当は私だって、こんなことしたくなかった。だけど悠子が、むきになったりするから」

「奈央？」

返ってきた悠子の声は濡れていた。泣いているんだ、と思うと、胸の奥がずきりと痛む。

「ねえ、もう漫画を描かないなんて嘘なんでしょう？　そういうふうに言えば私を傷つけられると思ってるんでしょう？」

肺の中いっぱいに溜まっていた空気を口からため息として吐き出していく。この期に及んでも、演技を続ける悠子。楽しいことを見つけて、友達が増えて、人生が充実しているというアピールをし続ける悠子。顔が見えないから、私にバレないと信じ込んでいる悠子。

「何、言ってるの？」

けれど、悠子は怪訝そうな声で言った。

その瞬間、私は、どうしようもなくわかってしまう。

――悠子は私に怒っているわけではない。

私は、悠子が私を意識し続けていると思いたかったのだ。私を無視するのも、私につらく当たるのも、他の子と仲良くするのも、私と漫画を描かないのも、全部、私を意識しているためなのだと。

でも、もう思い知らずにはいられなかった。

悠子は私への嫌がらせのために漫画の話をしなくなったんじゃない。本当に、ただ興味がなくなったのだ。夢をあきらめて現実を見ることにしただけ。

悠子はただ、地に足をつける道を選んだのだ——私を置いて。

足元がぐらりと大きく傾く感じがした。なのに、いつまで経っても地面は近づいてこない。

本当は、私はもっと前からどこかで気づいていたんじゃないか。だからこそ、悠子を閉じ込めておきたかった。

もうこれ以上、私から離れていかないように。

「……どうして、頑張ってなんて言うの」

「だって、奈央には才能があるから」

「才能って何? 私のは、私は……ただ、他の漫画家の真似をしていただけなのに」

口にしてしまってから自分の言葉にぎくりとする。ついに、言ってしまった。ずっと言えなかったこと、悠子にだけは知られたくないと、必死に隠し続けてきたことを。

強く目をつむる。何それ、ひどい——そう言われたら、どう答えるか。何度もシミュレーションしてきたはずなのに、セリフが浮かばない。どうして、こんな形で切り出してしまったんだろう。せめて、もう少しマシな話し方があったはずなのに。

だが、悠子は静かに言った。

「真似の何が悪いの?」

私は、呆然とまぶたを持ち上げる。今、悠子は何と言ったのか。扉の向こう側から、つぶやく声が続いた。

「最初は誰でもみんなやることだよ。好きな漫画家の漫画を模写して、そこからオリジナルを描くようになる」

「……みんな、やること？」

その瞬間、脳裏に蘇ったのはイチ兄の意味ありげな笑みだった。

『もう若草しおりのタッチは覚えたんだろう。だったら、こっちの漫画のストーリーを若草しおりの絵で描けばいいだけじゃないか』

なぜ、あのときイチ兄はあんなことを言ったのか。貸した漫画を取り上げるでもなく、二度とアトリエに出入りするなと叱りつけるでもなく——私のやっていることを続けさせるような言葉を口にしたのか。

「それに、奈央はもうオリジナルの作品だって描けるじゃない」

悠子の声が反響して聞こえた。悠子の顔が見たい、と思った途端、目の前に鍵のかかった扉があることに気づく。私は慌てて鍵に手を伸ばした。

「……今、開ける」

ダイヤルを回す指が震える。

「ごめんね」

言葉にしてから、その言葉が軽すぎるような気がして、「謝っても許してもらえるわけじゃないけど」とつけ足した。だけど悠子は「そんなことないよ」とは言ってくれない。それでも私は続けていた。

「いつか……また悠子と漫画を描ける日が来るって思っちゃダメ？」

「ごめんね、奈央」

嫌、でも、無理、でもない。でも、「ごめんね」という言葉は、きっとそのどちらをも意味している。

「それは、今日のことがあったから？」

悠子はもう答えなかった。だから私も、もう訊けなくなる。

どんなふうに怖かったのか、中学生の頃に聞いた怪談とはどう違ったのか——以前ならそんな話になったはずだ。ホラーやサスペンスを描くときのネタになるんじゃないかと盛り上がって。

カチャリ、という小さな音が響く。

閉じられていた扉が、軋む音を立てながら開いた。

「……はるこ」

私は、かすれた声で呼びかける。

悠子は振り返りもせずに私の脇を通りすぎた。そのまま無言で去っていく。

悠子といたくて、漫画を描き始めた。悠子がいたから、頑張れた。悠子が漫画をやめるのなら、私にだって続ける理由なんてない。そう思うのに、私は鞄からノートを取り出していた。

〈ネタ帳〉と題された大学ノートを開く。表紙には、首藤奈央《SYUDONAO》という本名のアナグラムからつけた私のペンネームが書かれている。

〈園田ユウ《SONODAYU》〉

今日のことを、もっと脚色して漫画に描いたら面白くなるかもしれない。親友を殺そうと思ってしまう女の話。そう思うと、顔が泣き出しそうに歪む。

私はもう、漫画を描くのをやめることができないのだ。たとえ悠子が願いをあきらめてしまっても、道が分かれてしまっても、一人でも、描かずにいられない。

どうしてもこの話を描きたいのだ、とわかった。

私は泣きながら、その場にうずくまってノートに描き殴り始めた。

正しくない言葉

泡が弾けるコポコポという音に我に返った。

――ああ、また淹れてしまった。

フィルターの中心で湯気を上げているコーヒーの粉を見下ろしながら、そっとため息をつく。

調理台の上には粉の袋とドリッパー、二つのマグカップがあった。それぞれピンクと青が基調のマグカップは、ぴたりと付けて並べると二匹の黒猫が寄り添っているように見える。十八年前、孫のくるみが夫の還暦のお祝いにとプレゼントしてくれたものだ。

『おじいちゃん、コーヒーがすきなんでしょ？　おばあちゃんとぺあでつかってよ』

当時八歳だったくるみはませた口調で言い、『この子ったら、ちゃんと自分からのプレゼントにするんだって頑張ってお小遣い貯めたのよ。お手伝いすることない？　お手伝いすることない？　って毎日』と、娘の朝子は眩しそうに目を細めた。

朝子は『この子、一度決めたらその通りにしないと気が済まないのよね。頑固っていうか、几帳面っていうか』とつぶやいたが、声には困惑ではなく誇らしさが滲んでいた。

それを感じ取ったらしいくるみが、へへ、と照れたように笑うと、まだ五歳になったばかりだった賢吾までもが『ぼくもがんこ！』と手を挙げる。『ちょっと、そこ張り合うところじゃないからね』と朝子が慌てたように言ったのがおかしくて、そのあと何度も思い出し笑いに肩を震わせることになったのだった。

わたしはまた微かに緩んでいた唇を引きしめ、持っていたポットを傾けてドリッパーに湯を注ぎ足していく。

一番好きなのは、粉を蒸らす時間だった。

注がれる湯の太さに応じて膨らんだりへこんだりと忙しい朽葉《くちば》色の泡、その一つひとつの粒が弾けるたびに漂う芳《かぐわ》しい香り、そして背後から聞こえる新聞をめくる乾いた音——そうだ、元々は朝、新聞を読みながらコーヒーを飲むのが好きだった夫のために始めた習慣だったのだ、と思い出す。

だからこそ、もう淹れるのはやめようと決めていたのだった、と。

夫が死んだのは、今から半年前のことだ。

七十八歳になったばかりで、左目に緑内障《りよくないしよう》があったものの、特に内臓を患《わずら》ってはいないはずだった。心筋梗塞《しんきんこうそく》は別に内臓疾患がなくても起こりうるのだと頭ではわかっていても、わたしはいまだに夫がもうこの世にいないのだということが実感できない。

どちらかと言えば先に死にそうなのはわたしの方だというのは、夫婦の間ではほとんど共通の認識のようなものだったと思う。わたしは四十歳の頃に乳がんで右乳房を切除しており、六十歳を過ぎてからは高血圧の薬が欠かせなかったのに対し、夫は風邪すらほとんどひくことがなかったからだ。

「連れ合いに先立たれると男の方がしょぼくれるって、よく言うからな」

夫はわたしの名前を出さずに一般論のような口ぶりで言いながら、〈セカンドステップ鴨川《かもがわ》〉のパンフレットを示した。

正直なところ、最初は老人ホームという文字に違和感を覚えた。勝手な印象ではあるけれど、老人ホームとは身寄りのない年寄り、あるいは介護を要する人間が入居するところだと思っていたからだ。自分たちには子どもも孫もいるし、人の手を借りずとも不便はない。古いとはいえローンを払い終えた自宅があるのだし、わざわざお金を払わなければならないところに移住する必要があるようには思えなかった。

わたしの反応が悪いのを感じたのか、夫はチラシの裏にペンを走らせて力説し始めた。こうした有料老人ホームは入居一時金が割高で月々にかかる管理費なるものは大した金額ではない。つまり入居してからの期間が長いほど元が取れるということで、だから今は入居者のほとんどが七十代のうちから入っているのだという。夫の言いたいことは飲み込めたものの、すぐにうなずくことはしなかった。その入居一時金とやらは郊外なら中古の家を買えるような値段だったのだ。

夫の退職金を取り崩せば何とか払えない額ではないが、それでは貯金がほとんどなくなってしまう。年金があるとはいえ月々の管理費を払い続けるには心許ないし、子どもや孫に何かあったときに援助してやる余裕もなくなってしまう。「そんなお金がどこにあるんですか」と一《いっ》蹴《しゅう》したが、夫は引き下がらなかった。

「大丈夫だ。この家を売ればこのくらいの額になる」

夫が言いながら書き示した額はいやに具体的で、わたしは目をみはった。

「もう査定をしたんですか？」

「参考までにだ」

夫の性格についてはわかっていたつもりだった。漠然とした不安があれば、原因が何かを分析し、対策を練る。不安っていうやつは放っておくと膨らんでいくんだ、小さいうちに細かく切って潰しちまえばほとんどのことは大事にはならないからな、というのが夫の口癖で、わたし自身、その抜かりのなさには幾度となく助けられてきた。そうした意味では、夫が孤独な老後を送ることへの不安を解消するために情報を集めてきたことに驚きはない。けれど、それでも家の査定まで進めていたとは予想外だった。そもそも、マイホームにこだわりを持っていたのは夫の方だったはずなのに。

「持ち家が一番安心なんじゃなかったんですか」

「この家は、俺とおまえの二人には大きすぎるだろう」

「でも、売ってしまったらエレンちゃんも基晴くんも瑞希ちゃんも賢吾くんも来てくれなくなりますよ」

わたしは一人ひとりの孫の名前を数え上げるように口にしてから、自分の言葉に励まされるように、そうだわ、とうなずく。三人の子どもたちが孫を連れてうちまで来てくれるのは年に二、三回程度ではあるけれど、それでも家があるから泊まっていけるのだ。家が失くなってしまえば、それもできなくなる。

「だからだ」

だが、夫は苦虫を噛み潰したような顔で続けた。

「俺は、おまえがいなくなった後にあいつらが来てくれるのだけを待っているようになるのが嫌なんだよ」

わたしは眉をほんの少し持ち上げた。心配性ではあるものの、不安については解決策が見つかってからしか口にしない夫が、そんなふうに真っ直ぐに気弱なことを言うのは珍しい。夫はふて腐れたように顔を背け、チラシの裏に書かれた入居一時金の下に無意識らしい手つきで二重線を引いた。

「この間説明を聞いてきたんだが、連れ合いに先立たれてから探し始めるんだと結局満足のいく老後が送れないケースが多いらしい。そうなる前から入居してきちんと他の人間関係も築いておくことが大事なんだ。だから、この〈セカンドステップ鴨川〉っていうところは、入居者を孤立させないっていう方針でイベントやサークルを充実させているんだそうだ」

わたしは、あらそうなの、と気のない相槌を打ってみせる。それだけで夫はわたしが乗り気ではないことに気づいたらしかった。銀行に長年勤め、支店長にまでなった夫は人の心に聡《さと》い。それ以上言葉を重ねることはせず、パンフレットをテーブルに置いたまま席を外した。

わたしはパンフレットを横目にコーヒーを口へ運びながら、「他の人間関係」という言葉を反芻する。

今の自分に友人と呼べる相手がいないことは事実だった。

ご近所づき合いは、親しくしていた夫婦の奥さんの方が他界して以来希薄になってしまっていたし、女学校時代の友人とは、もっとずっと前、結婚してから数年で関係が切れてしまっていた。ほとんどの友人は家業を手伝っているか、内職をしているかで忙しく、働く必要がない――むしろ妻が働きに出る方が夫のイメージを悪くするという立場の自分とは話が合わなくなってしまったのだ。

代わりに増えたのは、子どもの親同士のつき合い、夫の仕事仲間の奥さんとのつき合いだった。お互いの家をよく行き来していたし、家族ぐるみで旅行に出かけたこともある。だが、それも子どもが成人し、夫が退職すると自然に疎遠になっていった。

『おまえも少しは働きに出してやればよかったなあ』

夫は元同僚とゴルフに行くたびに後ろめたそうに言ったが、夫が今になって勝手に罪悪感を覚えているらしいのが少し煩わしかった。今までだってトラブルも起こさず、夫や子どもの人間関係を円滑にするくらいのつき合いはきちんとしてきたはずだ。今はその気にならないだけで、友人なんてすぐに作れる。みくびらないでもらいたかった。

それでも最終的に夫の意見に賛成したのは、ダメ元で売りに出してみた家に買い手がついたからだ。そこまで話が進んでいるのに、今さら何となく気乗りしないという理由だけで文句を言うわけにはいかない。夫はこうなることを見越して「試しに売りに出してみるだけだ。ダメだったらあきらめるから」と言っていたのだろうか、と思うともやもやした。あるいは、三年ほど前に全面リフォームを施したのも、終《つい》の棲家《すみか》の居心地を良くするためではなく、買い手がつきやすくするためだったのかもしれない。

わたしはソファの上に貼られたカレンダーをちらりと見やった。

世間では、今週お盆が始まった。だが、わたしには来客の予定は一つもなかった。長男夫婦はアメリカ在住だし、次男夫婦は毎年お盆にはお嫁さんの方の実家に行くことになっている。お盆に来るのは朝子一家、というのは、ここ〈セカンドステップ鴨川〉に移住してきてからも続いていた暗黙の了解だったが、既に七月に夫の新盆《にいぼん》を済ませていたから今年は来ないことになっていた。

けれどわたしは、もしも、と思わずにいられない。

もしも、自分が老人ホームに入っていたりしなければ、朝子はもっと足繁《あししげ》く会いに来てくれたかもしれない、と。

お盆だけじゃない。お正月にも誕生日にも敬老の日にも——そこまで考えたところで、夫の言葉が脳裏に響く。

『あいつらが来てくれるのだけを待っているようになるのが嫌なんだよ』

言われてみれば、今の自分には子どもや孫に会うことくらいしか楽しみがない。お正月が終われば四月にある自分の誕生日にお祝いに来てくれるのを心待ちにして、お盆が過ぎれば、また九月の敬老の日に電話がかかってくるのを意識し始める。――夫の言う通り、老人ホームに入ったというのに。

何となく部屋に一人でいるのに耐えられなくて、談話室にでも行こうとコーヒーの入ったマグカップを片手に玄関へと向かう。

「あら、麻実ちゃん、篤典、今日も来てくれたの」

隣から、弾んだ孝子さんの声が漏れ聞こえてきた。わたしは、ノブに伸ばしかけた手をそのままに立ち尽くす。

――孝子さんのところには、また息子さん夫婦が来てくれているのね。

浮かんだ思いを流し込むために、わたしは慌ててマグカップに口をつけた。けれどコーヒーを喉の奥へと押し込んでもなお、口の中のべたつきはなくならなかった。

「やっぱり私、おかあさんとはやっていけない」

わたしがその言葉を耳にしたのは、結局談話室に行ったものの誰と話すわけでもなく、一人でコーヒーを飲み干してきた帰りだった。

「次からは、あなたが一人で来て」

強張った声に思わず振り返ると、食堂兼談話室から中庭へと伸びる廊下の端でにらみ合うようにして立っている男女が目に入った。深緑色のポロシャツに砂色のチノパンを合わせた男性は、一見して五十代らしく腹が出ており、頭に白いものが目立つが、白いシャツに細身のジーンズを合わせた女性は、少なくとも後ろ姿では男性とは年齢が十以上離れて見えるほどに姿勢とスタイルがいい。

「おい、聞こえたらどうするんだ」

男の方が慌てて辺りを見渡す。その困惑をあらわにした横顔が見えた途端、わたしはあっと息を呑んだ。

——孝子さんの、息子さん。

女性が口にした「おかあさん」という言葉が「お義母《かあ》さん」——孝子さんを指しているのだとわかって内臓が微かに縮こまる。

「とりあえず外で話そう」

篤典さんが声のトーンを落として言って自動ドアの前に踏み出した。そのまま中庭へとお嫁さんの麻実子さんを引っ張っていく。麻実子さんは不満そうな表情ながらも黙って夫の後に続いた。わたしは数秒間逡巡してから、ドアが閉じきらないうちに身体を滑り込ませる。

中庭に出るとむわりと生暖かい空気が全身を包んで、息苦しさを覚えた。盛夏なのだ、と改めて思う。夫が死んだ冬から、既に二回季節が移り変わっているのだと。

「そんなこと言うなよ。おふくろだって悪気があったわけじゃないんだからさ」

篤典さんが取りなすように麻実子さんの肩に手を置く。わたしには聞こえなかったが、麻実子さんがまた孝子さんに対して否定的な言葉を口にしたのかもしれない。

「なら、どういうつもりだっていうの」

「別に理由なんてないだろ。考えすぎだよ」

「理由もないのに捨てるの？」

麻実子さんの声がはっきりと険を帯びる。篤典さんは、それは、と言葉を詰まらせた。

「……黴《かび》が生えたから」

「黴が生えるまで口もつけなかったってことでしょう。……お義母さんは私に怒ってるのよ」

麻実子さんは低い声で後半を続ける。わたしは胸の奥がざわつくのを感じた。

孝子さんと麻実子さんの間に何が起こったのかはわからない。だが、二人の間に決定的になりかねない亀裂が入ろうとしているのだということだけはわかった。

孝子さんはたしか、夫に先立たれて〈セカンドステップ鴨川〉に入居してきたはずだ。そこにどんな経緯があったのか――同居の話は出なかったのか、老人ホームに入ることにしたきっかけは何だったのかは聞いたことがないが、孝子さんが息子さん夫婦の来訪を喜んでいるのはたしかなことに思えた。

『あら、麻実ちゃん、篤典、今日も来てくれたの』

数十分前に耳にした孝子さんの弾んだ声が思い出される。孝子さんのところには月に一回――このところは週に一度ほどのペースで息子さん夫婦が来ていたはずだ。孝子さんの部屋に置かれた四人がけのダイニングセットがまぶたの裏にちらつく。

〈セカンドステップ鴨川〉は建坪に比して居室数が少なめで、老人ホームにしては居室に広い空間が取られていることが売りの一つだ。だからダイニングセットを置くこと自体にはさほど違和感はない。息子さん夫婦が来たときに部屋でゆっくり食事やお茶を楽しむには必要な家具だとも思う。

——でも、もし、このままお嫁さんたちが来てくれなくなってしまったら。

孝子さんは、何を思いながら四人がけのダイニングテーブルを使うのだろう。

ゆっくりとでも歩いていかないと不自然だと思うのに、足が地面に縫いつけられたように動かなかった。お互いの家庭の事情に踏み込まないのはここで一番大事なマナーの一つだし、そうでなくても、こんな盗み聞きのような真似をしていいはずがないのに。

元々、先に孝子さんと親しくなったのは夫の方だった。

夫は〈セカンドステップ鴨川〉に入居してからというもの、呆れるほど精力的にイベントや講座に参加していた。囲碁会、映画鑑賞会、歩こう会——退職して以来持て余していた気力と体力をぶつけるかのように様々な団体に所属し、次々に人間関係の幅を広げていった。夫は一緒に参加させようと誘ってきたが、わたしは気が進まなかった。今さら一から関係を築くのが億劫《おっくう》だったし、何よりトラブルにでも発展して居づらくなるのが嫌だったのだ。

もう家も売ってしまって、多額の入居一時金だって払ってしまっている。居づらくなったからと言って出て行くわけにもいかないのだと思うと、夫が部屋に人を連れてくるたびに気疲ればかりが溜まった。

できるだけ部屋には連れてこないでほしい、と頼んだところ、じゃああと一人だけ、おまえと合うんじゃないかと思うんだ、と夫が連れてきたのが、孝子さんだった。

たしかに、孝子さんとは気が合った。孝子さんは穏やかで、噂話や人の悪口で盛り上がるようなことはしなかったし、手芸が趣味だというのも同じだった。夫が他界して以来、夫から引き合わされた人のほとんどとは廊下や談話室で会えば世間話をする程度の間柄に戻っていたけれど、孝子さんとだけは部屋を行き来するくらいの交流を続けていた。

「とにかく、荷物だって取りに行かないといけないし一度部屋に戻って……」

篤典さんがため息混じりに言って麻実子さんの腕に手を伸ばすと、麻実子さんはすっとすり抜けるようにして立ち上がった。

「私は帰る」

「待って」

気づけば、わたしは声を出してしまっていた。

麻実子さんと篤典さんが揃って弾かれたように振り返る。

「あ、お隣の……」

篤典さんがそうつぶやくのと、麻実子さんの双眸《そうぼう》に怯えが走るのが同時だった。麻実子さんの動揺が痛いほどに伝わってきて、聞かなかったふりをした方がいいのかもしれない、と今さらながら思う。

けれど、何事もなかったかのように振る舞うことが不自然なほど、麻実子さんの表情は既に強張っていた。

「ごめんなさいね、聞こえちゃったわ」

結局、わたしは正直にそう白状した。この状況で聞かなかったふりをしても疑念やわだかまりが残るだけだろう。「そこの廊下で見かけたら何だか気になる話をしてたからついてきちゃったのよ」とおどけた口調でつけ加える。

麻実子さんの眉にはっきりとした不快感が刻まれた。わたしはわざと鈍感なそぶりで、

「おせっかいを承知で言うんだけれど、もしかしたら、何か誤解があるんじゃないかしら」

と言葉を重ねる。麻実子さんはさらに視線を鋭くしたものの、

「誤解、ですか」

とかろうじて訊き返してきた。本当は無視して立ち去りたいのに、ここで義母の老人ホームでの隣人を怒らせたら告げ口をされるかもしれないと思っているのだろう。そのことに、少しだけ安堵する。

――やはり、彼女も本当に孝子さんとの関係を断ち切ってしまおうと思っているわけではないのだ。

孝子さんとどうなってもいいと完全に思いきっているのなら、隣人にどう思われたところで気にならないはずなのだから。

「ええ、何があったのかは知らないけれど、たとえ何か孝子さんがひどいことをしたんだとしても、彼女は理由もなくそんなことをするような人じゃないと思うのよ」

わたしが言葉を選びながら続けると、麻実子さんは迷うように目を伏せる。

そこで、呆気《あっけ》にとられたように固まっていた篤典さんが一歩前に踏み出してきた。

「あの、今の話は母には……」

「大丈夫、孝子さんには言わないわ」

短く顎を引いてみせると、篤典さんは細い息を漏らす。けれど、麻実子さんの頬は引きつったままだ。

わたしは唇を湿らせ、麻実子さんを見上げて言った。

「だから、よかったら何があったのか話してくれない？」


わかるわ、大変だったわね、つらかったでしょう。

話を聞く前から、少なくともそのどれかを口にしようと決めていた。相手から話を引き出すためには、まずわかりやすい共感を示してみせる。それは、わたしが七十年余り生きてきて身につけた処世術の一つだった。

意識的に口角を上げ、立ち尽くしている麻実子さんの腕にそっと触れる。

「立ち話も何だから、そこのベンチにでも座りましょうか」

麻実子さんはぎこちなくうなずくと、足を引きずるようにしてベンチに進み、端に腰かけた。

拳二つ分ほど離れた位置にわたしが座った途端、甲高い電子音が響き、「あ」と篤典さんが声を上げる。

「何だ、こんなときに」

芝居がかった口調で言って、チノパンのポケットから携帯を取り出した。

「客からだ。ったく休みの日にまで……番号教えるんじゃなかったな」

篤典さんは忌々しそうに携帯の画面をにらんだが、上ずった声音からは、それが席を外すための口実に過ぎないことが伝わってくる。けれど麻実子さんは引きとめることもなく、小さくうなずいた。

丸く突き出た腹を抱えて中庭の出入口へと向かっていく篤典さんを眺めていると、疲労感が襲ってくる。それは少し苛立ちに似ていた。こういう夫だから、彼女も追い詰められてしまうんじゃないかしら。

『おい、聞こえたらどうするんだ』

『そんなこと言うなよ。おふくろだって悪気があったわけじゃないんだからさ』

自分の母親をかばいたい気持ちもわかるし、自分まで同調してしまえば完全に母親を否定する方向に話が向かうのではないかと危惧するのもわかる。だが、それは逆効果なのだ。俺もそう思うよと、そうひと言言うだけで気持ちは全然変わってくるというのに。ほとんどの場合はそれだけで解決してしまうと言っても過言ではない。人が愚痴をこぼすのは、共感して、不満を抱いている自分を肯定してもらいたいだけなのだから。

「逃げたわね」

わたしは、苦笑を浮かべて麻実子さんに顔を向ける。

「あなたも大変ね」

共感を示すつもりで言ったはずなのに、麻実子さんは力なく首を振った。

「いえ、誰だって自分の親のことを悪く言われたら嫌な気持ちがするに決まっていますから」

あら、とわたしは目をしばたたかせる。正直、意外だった。つい数分前まで感情的な声を出していた人間と同一人物だとはとても思えない。麻実子さんはまるでこちらの考えを読んだかのように、

「さっきは見苦しいところをお見せしてすみませんでした」

と静かに言って頭を下げた。

「そんな……」

ほんの少し、耳の裏が熱くなる。どうやら、きちんと相手の気持ちを推し量ることもできる女性のようだ。こうして正面から相対すると、肌には歳相応の染みや皺が見受けられるが、後ろ姿から感じた若々しさを裏切るほどではない。くっきりとアイロンがけされた襟元からも、彼女が本来はあまり取り乱すことのないタイプなのだということが感じられる。

だが、だからこそ、何が彼女をあそこまで感情的にさせたのかがわからなかった。

「それで……一体何があったの?」

わたしは麻実子さんを見上げた。麻実子さんは、化粧気のないまつげを伏せる。

「たかがそんなことでって思われると思うんですけど……」

そこで一度言葉を止めてから、意を決したように続けた。

「実は、私が持ってきた手土産を義母が食べてくれなかったんです」

「手土産？」

予想外の単語に、わたしは訊き返した。麻実子さんは「はい」と小さくうなずく。

「三日前――前回来たときに買ってきたんです。夫から、義母は黒川堂のはちみつロールケーキが好きだって聞いていたので」

「へえ、黒川堂の」

懐かしい店名に、わたしは思わず繰り返した。黒川堂は朝子の家のそばにある老舗《しにせ》和菓子店だ。だからよく覚えている。以前はたびたび買ってきてくれたが、最近はテレビや雑誌で取り上げられた影響らしく、かなりの時間並ばないと買えないということだった。しかも、たしかはちみつロールケーキは一日限定十個という目玉商品で、休日は予約制で半年先まで埋まっており、平日でも開店から三十分以内に売りきれてしまうという話だったはずだ。

「よく買えたわね」

「ご存じなんですか？」

ようやく麻実子さんと目が合った。

「東金台には娘が住んでいるのよ。もしかして、あなたも東金台に住んでいるの？」

「いえ、私は鴨川に」

「あら、じゃあここの近所なのね」

だから頻繁に遊びに来られるのか、と納得しかけたが、だとすると東金台とは随分離れている。

「まさか、わざわざ買いに行ったの？」

「はい、早起きして電車で……」

麻実子さんは答えてから孝子さんを非難しているような誤解を招く言い方だと思ったのか、

「頼まれたわけじゃなくて、私が勝手にやったことではあるんですけど」とつけ足した。わたしは眉を小さく上げる。東金台駅から安房鴨川《あわ》駅までは乗り換えがスムーズにいったとしても二時間近くかかるし、さらに安房鴨川駅から〈セカンドステップ鴨川〉までもバスで二十分ほどの距離がある。

「車で行かなかったの？」

「平日は主人が仕事で車を使っているものですから」

麻実子さんは当然のように答えたが、黒川堂は東金台駅からも徒歩で十分近くかかったはずだ。坂も多く、日よけになるような建物もあまりない。そんな中をこの真夏に歩くことを考えただけで、げんなりしてきた。

「だから食べてもらえなくてショックで……たまたま胃の調子が悪くてケーキみたいに重たいものは食べたくなかったのかもしれないって、自分に言い聞かせていたんですけど……」

たしかに、そこまでして買ったものを食べてもらえなかったのなら、残念に思うのは当然な気もする。うなずくべきか、それとなくとりなすべきかを思案していると、篤典さんが戻ってくるのが視界の端に映った。

篤典さんは中庭に出てきたところで話が終わっていないことを悟ったのか、戻ってきたことを後悔するかのように歩みを緩める。わざとらしく携帯の画面を覗き込んで「本当、人使いが荒くてまいるな」とひとりごちた。

「来週末はゴルフが入りそうだ。車を出してほしいんだと……」

「医者から甘いものを制限されているっていう可能性はないのかしら?」

わたしが遮るようにして質問を重ねると、篤典さんはぐっと眉根の皺を深くする。

「おい、麻実子。もういいだろう。おふくろには俺から上手く言っておくから」

これみよがしにため息を吐《つ》きながら麻実子さんの肩に手をかけて立たせようと促した。だが、麻実子さんは立とうとはしなかった。篤典さんの腕をやんわりと押しのけ、わたしを振り返る。

「それはないと思います。スタッフの方にも確認しましたから」

「そう」

「おそらく、ほとんどの可能性は考えたと思います。胃の調子が悪かった、お腹が空いていなかった、ロールケーキを食べたばかりだった、入れ歯を入れていなかった」

「入れ歯?」

指を折りながら数え上げるように可能性を挙げていく麻実子さんに訊き返す。麻実子さんは浅くうなずいた。

「ええ、たとえば私が知らなかっただけで義母は入れ歯を使っていて、だけどあの日はたまたま入れ忘れていたときに私たちが来てしまったんじゃないか、人前で入れ歯を入れるのには抵抗があるだろうし、今は入れ歯を入れていないからと説明したくない気持ちもわかる気がする……と」

「本当にいろいろ考えたのね」

——随分と聡明なお嬢さんだこと。

お嬢さん、という歳でもないが、それにしても自分より二回り以上歳下のはずの麻実子さんが入れ歯といった可能性まで検討しているとは、と思わず感心してしまう。

「はい。私も、義母が理由もなく……嫌がらせのようなことをする人じゃないと思いたかったんです」

麻実子さんは言葉を選ぶように口ごもったものの、他の表現が思いつかなかったのかそう続けた。自ら口にした嫌がらせという言葉のきつい響きに打ちのめされたように、唇を噛みしめる。

「だけど、スタッフの方からは、義母はそもそも入れ歯ではないし、私たちが帰った後に夕食を完食していたと言われて」

「後で食べるつもりだっただけじゃないのかしら？　本当に好きな食べ物だったから、夕食後のデザートにしたかった、とか」

「そうだよ。それだけのことで、きっと深い意味なんてないんだ」

篤典さんも身を乗り出して言葉をかぶせる。麻実子さんは篤典さんをにらみつけるように見上げた。

「じゃあ、どうして捨てたりするの？」

——捨てた？

わたしは息を呑む。まさか、孝子さんが？

ねえ、これどうかしら、と小首を傾げた孝子さんのはにかむ表情が脳裏に浮かんだ。

あれはまだ夫が生きていた頃だったはずだ。たしかバスツアーで奥飛騨《おくひだ》に行ったとき、そこで孝子さんへのお土産を買おうという話になった。参加を予定していた孝子さんが風邪で来られなくなったからだ。

わたしと夫が選んだのは珊瑚でできた小さなブローチだった。柔らかな朱色は孝子さんによく似合う気がしたし、何より地元の名産品というわけでもない品なら他の人のお土産と重ならないと考えたのだ。孝子さんは友達が多いから、不参加になってしまった彼女にお土産をと考える人は他にもいるかもしれない。

だが、帰宅後数日経って全快した孝子さんの部屋を訪ねると、孝子さんの襟元にはまったく同じブローチがつけられていた。天然の珊瑚を使っているから色合いや模様にはほんの少しの差があるとは言え、大きさもデザインも完全に一緒だ。あ、と渡した瞬間に気づいたけれど、渡してしまったものを取り返すわけにもいかない。あらやだ、ごめんなさいね、どなたかのお土産と重なっちゃったかしら、と自分があっけらかんと言ってみせなければと思ったものの、咄嗟のことに声が出ず、そうしているうちに孝子さんが包みを開けて『まあ』と目を丸くした。

一瞬だけ孝子さんの視線が自分の胸元へと動き、すぐに手元に戻る。

『あらやだ、ごめんなさいね、どなたかのお土産と重なっちゃったかしら』

わたしは慌てて数秒前に思い浮かべた言葉を口にしたが、その声は自分の耳にも落胆が滲んで響いた。こんなことなら、変に気を回さずに普通に名産品を買えばよかった。あるいはせめて渡す前に気づいていればお互いに気まずい思いをしないで済んだのに。

内心で歯噛みするわたしの前で、孝子さんは胸元のブローチを外した。

『ありがとう、嬉しいわ』

手の中に二つ並んだブローチを眺めて、にっこりと笑う。その穏やかな表情にはやはり珊瑚の自然な朱色が似合っていて、だからこそ胸が苦しくなった。少しはデザインが違うのならまだしも、これでは使い分けるわけにもいかない。かえって使いづらくなってしまうくらいなら、わたしが贈ったものは引き取った方がいいかもしれない。そうだわ、お揃いだとでも言って
――ダメだ、それでわたしがお揃いでつけていたりしたら、これを孝子さんにプレゼントした人が嫌な思いをするかもしれない。そう考えた瞬間だった。

『ねえ、これどうかしら』

弾んだ声に顔を上げると、目の前の孝子さんは二つの小さなブローチを両耳に当てていた。

『イヤリングにしても素敵だと思わない？』

その後、孝子さんはすぐにもう一つのブローチの贈り主にも連絡をつけ、それぞれ片方を失くしてしまったイヤリングから取ったという部品を使って瞬く間にイヤリングに作り替えてし

まった。贈り物を、そして贈り主の思いを無駄にしないために機転を利かせてくれた彼女——

あの孝子さんが、手土産を捨てた？

「最中は捨ててないだろ」

「まだね」

篤典さんが慌てたように言うと、麻実子さんは顔を伏せて低く言った。

「だけど時間の問題かもしれない」

「ちょっと待って、捨てるってどういうこと？」

つい言葉を挟んでしまう。麻実子さんの目尻に赤みが差した。

「今日、捨ててあるのを見ちゃったんです。ロールケーキが、ゴミ箱に」

「そんな、まさか」

「私だって、信じたくなんかありませんでした。だけど、私が切ったままの状態でひと口も食べられてなくて……黴が生えていました」

感情を抑えた声音で言い、震える息を吐く。太腿の上で強く拳が握られるのが見えた。

「それに、今日も食べてくれなかったんです。今回は最中で、やっぱり義母が好きだっていうお店のものにしたんですけど……目の前で私と主人が食べているのに、義母は手を伸ばそうともしてくれませんでした。今までは、そんなことなかったのに」

「考えすぎだろ。そういう目で見るから気になるだけで、今までだって食べてないことくらいあったんじゃないか」

「なかったわよ。お義母さんはいつも嬉しそうに仏壇にお供えして、すぐに美味しいって言って食べてくれて……」

今度こそ、麻実子さんの目から涙がこぼれ落ちた。唇を開きかけていた篤典さんも口をつぐむ。麻実子さんは嗚咽を漏らしながら、そこだけを見ると年齢以上の老いを感じさせる手で顔を覆った。

「やっぱりお義母さんはわたしに怒ってるのよ」

中庭に悲愴な声が響く。

「怒ってるって……何かあったの？」

わたしの言葉に、麻実子さんの肩がぴくりと揺れた。だが、麻実子さんは顔を上げない。わたしは篤典さんを見たが、篤典さんもしかめ面をしたままこちらを見ようとはしなかった。

結局、数秒の沈黙の後、答えを口にしたのは麻実子さんの方だった。

「先月、私の父のお葬式があったんですけど、義母には出席しないでもらったんです。実は……うちの宗派が、信者以外は参列できないことになっていて」

麻実子さんは言いづらそうに口ごもる。その声が膜に包まれたようにくぐもって聞こえた。

——信者以外は参列できない。

「……『光導会《こうどうかい》』」

つぶやきが唇から漏れる。すると、麻実子さんは微かに強張った顔で「いえ」と首を振った。

「別の団体です」

そうだ、「光導会」のはずがない。身体から力が抜ける。――「光導会」は、もうとっくに解散しているのだから。そう思った途端、今から十一年も前の光景が脳裏に唐突に浮かんだ。

「お母さん、どうしよう、お母さん」

最初に朝子から電話がかかってきたときのことを、わたしはいまだに忘れることができない。電話がつながるなり聞こえてきたのは、今まで耳にしたこともないような悲痛な声だった。

「朝子？　あんた、どうしたの」

「くるみが、車に撥ねられて死んじゃったって……」

比喩ではなく、目の前が真っ暗になった。そんな、まさか、どうして。意味をなさない言葉ばかりが頭の中で乱反射して、口からは何も出てこない。

「ねえ、お母さん、どうしよう、私、どうしたら……」

今、目の前に朝子がいれば、と切実に思った。そうすれば、とにかく強く抱きしめてやることができるのに。震える朝子の背中を撫でて、涙を拭いてやることができるのに。

だが、実際のわたしは、ただ呆然と受話器を握りしめて立ち尽くしていた。

くるみが、死んでしまった。

電話が切れた後も、なぞるように何度も考えた。頑張り屋で、いつも部活の話ばかりしていて、まだ中学生で――一つひとつを数え上げながら、どこかに実感できるきっかけがないかを探していく。それでもとても現実の出来事とは思えずにいるうちに、朝子が泣き崩れる声と音が続いた。

「朝子」と慌てて呼びかける。その途端、胸のうちで何かが弾けるように熱い激情が膨れ上がった。

ああ、朝子はどうなってしまうんだろう。

朝子、朝子、朝子——どうしよう、わたしの朝子が、一生消えない心の傷を負ってしまった。朝子の人生が、台なしになってしまう。

先に実感できたのが、くるみの死についてではなく、朝子が受けた衝撃についてだったことを、ついにわたしは誰にも話すことができなかった。言ってはいけないという考えがはっきりと意識にあったわけではないが、何となく後ろめたいことのような気がしたからだ。

純粋にくるみの死を悼んで涙を流し続ける夫を前に、けれどわたしは静かに自分に誓った。

——母親として、朝子を支えなければならない。

だが、結局わたしは、子どもを失ったばかりの娘に対し、どんな言葉をかけ、何をしてやればいいのかわからなかった。

朝子はくるみの事故について書かれた新聞を集め、アルバムやビデオやくるみの日記を見直し続けた。わたしが訪れるたびにそれらを披露し、まるでくるみがまだ生きているかのような口ぶりで話す朝子は、かと思えば急に泣き出して「私があのときくるみが家を出るのを止めていれば」と自分を責めたりもした。わたしは最初は一緒になってくるみの思い出話をするようにしていたが、朝子に「ごめんね、お母さん」と泣かれるとそれもできなくなった。朝子は顔をぐしゃぐしゃにして泣きじゃくり、「私がちゃんと止めなかったせいで、お母さんの大事な孫を死なせちゃった」と慟哭《どうこく》した。

やがて朝子は、「くるみの魂には修行が必要だったの」と言うようになった。「くるみはね、前世で積んだカルマを清算しているんですって」――そう説明する朝子は、くるみが死んでから初めて、笑顔に似た表情を浮かべていた。

朝子が繰り返す「光導会」という宗教団体の理念は、わたしには半分も理解できなかった。恐ろしかった。血を分けたはずの自分の子が、自分にまったく理解できない考えを口にしているということが。

「光導会」について調べてきたのは夫だった。入信するだけで五十万円、会合に参加するたびに十万円がかかるというシステムに、夫は「朝子は騙されているんだ」と顔をしかめた。それは、わたしも考えていたことだった。どうしてそんなにお金がかかるのか。子どもを亡くして弱っている心につけ込んでいるだけなんじゃないか。

けれど、周りから「騙されている」「目を覚ませ」と言われるたびに涙を流して反論する娘を見ていると、わたしには同じ言葉はかけられなかった。せめて自分だけは、朝子の味方になってやらなければ――そう思い、朝子に乞われるままにお金を援助した。

「朝子を元気にしてくれるのなら、たとえいくらお金がかかろうともいい宗教なんだとお母さんは思うわ」

「ありがとう、お母さん。そんなふうに言ってくれるのはお母さんだけだよ」

「大丈夫、お母さんだけはいつだって朝子の味方だからね」

力が湧いてくるのがわかった。わたしは、すぐには娘を支えられるような言葉は口にできなかったかもしれない。だけど、やっぱりこの子は、わたしがいないとダメなのだ――

くるみの死から三カ月が過ぎる頃、わたしも「光導会」に入信した。「光導会」の儀式には信者以外は参加できないという決まりがあったからだ。朝子を一人にしてはいけない気がした。儀式の最中、朝子がくるみのことを思い出してつらくなってしまったら、自分が支えてあげなければならない。

当初は猛反対を続けていた夫も次第に何も言わなくなり、朝子の様子も少しずつ落ち着いてきた。

だが、そんなある日、夫と朝子との間で口論が起こった。朝子が、納骨できずにいたくるみの骨を海に散骨すると言い始めたのだ。

百万円が欲しい、という朝子に、夫は顔色を変えた。

「何でそんなに必要なんだ」

朝子は、よどみなく答えた。

「くるみの魂を浄化させてくれるスポットがわかったんだけど海上なのよ。船をチャーターする必要があるし、先生自らがそこまで足を運んでくれることになったの。本当だったら百万円なんて端た金じゃ無理なんだけど、私は真面目に修行を積んできたってことで、今回は特別に先生が取り計らってくださったんだから」

わたしはすぐにうなずいたが、夫はうなずかなかった。

「ダメだ」

「どうして、くるみの供養のためなのにお金をケチるの？」

「そうじゃない。金の問題じゃないんだ」

夫は苦しそうに顔を歪めて続けた。

「光導会」は、朝子を死ぬまで騙し通してくれないかもしれない。いつかどこかで、朝子はあのときの自分はおかしかった、と思い始めるかもしれない。そのときに、お金はともかく骨は元に戻らない。取り返しがつかないことになる。

騙し通す、という表現に、朝子は当然反発した。

「お父さんは何もわかってないのよ。せっかく……せっかくくるみが救われるチャンスなのに！」

朝子は泣きながら悲鳴のような声を上げたが、夫は譲らなかった。

「なら十年待て。それでも気持ちが変わらなければ好きにすればいい」

悔しかった。所詮、わたしには自由になるお金がない。夫が認めなければ、娘を支えてやることもできないのか——

結局、散骨についてはあきらめるしかなかった。どうしても必要ならば借金をしてもいいとわたしは言ったのだが、朝子が首を振ったのだ。

それからも、朝子はくるみのことを引きずり続けた。

女子中学生の集団がおしゃべりしながら歩いているのに行き合ったとき、テレビに花嫁姿の女性が映ったとき、道端で若いお母さんが子どもを抱き上げているのを見たとき——もちろん、朝子は言葉には出さない。ただ、瞬間、心を奪われたように動きを止めるだけだ。だからわたしはいつも朝子が我に返るまで意味に気づくことができない。ハッとして視線を伏せる朝子を見て、ああ、くるみのことを思い出していたのかと後から気づくのが常だった。

生きていれば今頃どんな女性になっていたんだろう、と考えずにいられないのだろう。

そう思うたびに、あのとき無理をしてでも散骨をさせてあげていたら、という後悔が湧き上がってきてたまらなくなった。そうすれば、朝子はもっと早く立ち直れていたかもしれないのに、と。

だが、くるみの死から七年後、「光導会」はオウム真理教の一連の事件に端を発する新興宗教バッシングで解散に追い込まれた。

その頃にはもうほとんど会合にも参加することがなくなっていた朝子は、ショックを受けるでもなく夫に笑いかけた。

「お父さんの言う通りだったね」

照れくさそうに笑いながら、ありがとう、と言い添える。

「あのとき、お父さんが止めてくれていなければ、私、くるみの骨を海に撒いてしまって一生後悔することになっていたかもしれない」

そして朝子は、夫に向けて言ったのだ。

「お父さんは、いつだって私のことを考えてくれてたんだよね」

目の前で厚い緞帳《どんちょう》を下ろされたような気がした。

朝子のことを一番に考えてきたのはわたしのはずだった。いつだって朝子の味方になってきたし、朝子のためを思って行動してきた。朝子がつらくないように。朝子が楽になれるように。

――なのに、その言葉を朝子から言われるのが、どうしてわたしじゃないの。

もしも、あのとき、夫に賛成していれば。

虚ろな目からは涙もこぼれてこなかった。わたしがしたことは、間違っていたのだろうか。

教えてほしかった。

――わたしは、朝子に何をしてあげればよかったというのだろう。


「私は、本当は義母にも参列してほしかったんです」

麻実子さんの絞り出すような声音に、ハッと我に返った。

「でも、きちんと宗派の教義通りの式にすることは父の希望でもあったから……」

麻実子さんは声を詰まらせ、言い募るように続けた。

「私、記憶もないくらい幼い頃に実母を亡くしているんです。別に母親がいなくても平気だ、うちはうちなんだからって、ずっとそう思っていたんですけど、この人と結婚することになったとき、義母に『私、ずっと娘が欲しかったの』って言ってもらえて……すごく、本当にすごく嬉しかったんです」

篤典さんは、初めて聞いた話なのか驚いたように目を見開く。

「それから、私はずっと義母のことを本当の母だと思ってきました。なのに、私、父のお葬式のことをどう説明すればいいのかわからなくて……つい、『身内だけでやるので』って言ってしまったんです」

ああ、というため息に似た声がわたしの喉から漏れる。身内だけで――自分を隔てる言葉に、孝子さんは何を思ったのだろう。

「もちろん、すぐに説明をし直しました。教義についても話して、お義母さんが参列したいと思ってくれるのはすごくありがたいんだと繰り返して……篤典さんも出ないいくらいなんだって話すと、義母も、わかったわ、それなら仕方ないわね、と言ってくれました。『私は、麻実ちゃんが一人でも大丈夫ならそれでいいのよ』って……」

麻実子さんは、唇を噛みしめる。

「ただ参列をお断りするだけなら、義母も納得してくれたかもしれません。でも、義母は私にがっかりしたんだと思います。せっかく実の娘みたいにかわいがってくれていたのに、私が、身内だけでなんて言ったから……」

わたしは、うつむいた麻実子さんの白いつむじを眺め下ろす。麻実子さんは何とかして失態を取り繕いたかったのだろう。だから、わざわざ孝子さんの好物を買い求めて足繁くここに通ってきていた。

――そして、孝子さんはそれを拒絶したのだ。

わたしは、相槌を打つことができなかった。

帰りに孝子さんの部屋に寄ることにしたのは、話を聞くためではなかった。事情を尋ねたりすれば、孝子さんには話さないという麻実子さんとの約束を破ることになる。孝子さんだって自分がいないところでそんな話をされていたと知れば当然いい気持ちはしないはずだ。

ただ、孝子さんが心配だった。今、あの広い部屋に一人取り残された彼女は、どうしているのか。

だが、出迎えてくれた孝子さんは普段通り穏やかだった。

「あら、澄江さん、ちょうどいいところに来たわ」

孝子さんは目尻に躊躇いなく皺を寄せると、ドアを引いてわたしを中に促した。

「今ね、ちょうど息子たちから最中をもらったところなのよ。よかったら一緒に食べて行かない?」

「……いいの?」

尋ねる声が少しだけかすれてしまう。孝子さんはそれを遠慮と受け取ったのか、「もちろんよ」と柔らかくうなずいた。

「ここの最中、すごく美味しいの」

孝子さんはわたしの戸惑いに気づいているのかいないのか、最中の箱を躊躇いなく持ち上げ、キッチンへと運ぶ。ダイニングテーブルに目を向けると、空の皿が二つと手つかずの最中が載った皿が一つあった。二つの空の皿は麻実子さんと篤典さんのものだろう。だとすれば、残っているものは孝子さんのものだということになる。

——麻実子さんの話は本当だったんだわ。

孝子さんは、数十分前に麻実子さんの前で食べなかった最中を、これから食べようとしている。それは、食べずにいたのが麻実子さんを傷つけるためであったことの証明のように思えた。数十分でそれほどお腹のすき具合が変わるわけでもないだろうし、むしろ本来の孝子さんならば、たとえお腹がいっぱいでも、相手を気遣って無理をしてでも食べそうなものだ。だが、そんな彼女だからこそ、直接相手に不満をぶつけることができずに消化できない思いを溜め込んでしまったのかもしれない。

孝子さんは、最中だから緑茶がいいかしら、とつぶやきながらキッチンへと向かう。

「急に来てしまってごめんなさいね。どうぞお構いなく」

わたしは腰を浮かせて断りを入れたが、孝子さんは流れるような動作を止めることなくヤカンに水を入れてコンロにかけた。

「ちょっと待ってね。お湯を沸かしちゃうから」

わたしは、ありがとう、と言って座り直し、所在なく視線を彷徨《さまよ》わせながら思考を巡らせる。

——事情を訊くというのではなくても、せめて愚痴を吐き出せるように促した方がいいかしら。

孝子さんの場合、こちらが先に嫁への不満を漏らしてみせるよりも、孝子さんの息子さん夫婦はまめに来てくれてうらやましいわと言ってみた方が謙遜として愚痴を吐き出しやすいかもしれない。

いいわね、と切り出そうと唇をそっと開く。だが、声を発する前に、孝子さんが言った。

「ねえ、澄江さん。澄江さんは、ずっと子どもでいるのと、ずっと大人でいるの、どっちがいい？」

ヤカンが甲高い音を立て、孝子さんが火を止める。わたしは予想外の質問に小さく座り直した。

「どうしたの、いきなり」

「この間ね、孫に訊かれたのよ」

究極の選択よね、と孝子さんは言い添えてクスクスと笑う。

「ずっと、っていうところが味噌《みそ》よね。つまりこの質問って、子どもでいるのと大人でいるののどっちが幸せかって訊かれているようなものでしょう？」

わたしは何となく詰めていた息を吐き出した。孝子さんは時折、こうやって誰も傷つかない、それでいてそれなりに間の持つ質問を口にする。わたしが話を聞く前から「わかるわ」と答えることを処世術として決めているように、孝子さんは気詰まりな空気を感じたときに切り出すための質問をいくつかストックしているのかもしれない。

わたしは少しだけ迷ったものの、結局「そうねえ」と小首を傾げてみせた。

「子どもなら家事をしなくていいわよね」

「大人には自由があるわよ？　行きたい場所があれば自分のお金で行ける」

「お金があれば、ね。子どもだったらお金の工面もしなくて済むわ」

「でも自分の居場所を大人に決められてしまうのは窮屈じゃないかしら」

打てば響くように答えが返ってくる。ボケ防止に良さそうね、とつい考えて、わたしは続けた。

「子どもはボケる心配もないわね」

「なるほど、それはそうね」

孝子さんは愉快そうにニヤリと唇の端を上げる。

「だけど、テストの点数の心配があるんじゃない？」

「あらあら」

今度はわたしが笑う番だった。

「それで、孝子さんはお孫さんに何て答えたの？」

「私は、大人のままがいいって答えたわ」

「へえ」

わたしは少し意外に感じる。どうやら、話を盛り上がらせるためにこの場では「大人側」に立った、というわけではないらしい。

「そうしたらお孫さんは何て？」

「僕も大人がいいって駄々《だだ》をこね始めたわ。早く大人になりたいって」

孝子さんはその光景を思い出したのか、笑みを深める。

「澄江さんだったら何て答えるの？」

「わたし？　わたしは、子どもになりたいって答えるかしら」

「どうして？」

「だって、駄々をこねられたら困るもの」

「まあ」

孝子さんはおどけたように目を丸くしてみせ、それから口元に手を当てて笑った。

「上手いわね、綺麗にオチがついた」

ふふ、とわたしは微笑み返したが、その答えはオチのためではなく本心だった。実際に孫に訊かれても、子どもがいいと答えるだろう。なぜなら、大人でいたいと答えたら、今子どもであるその子を否定することになるような気がするからだ。

「はい、どうぞ」

孝子さんがわたしの前に最中の皿と緑茶の入った湯のみを置く。

「ありがとう、いただきます」

わたしは会釈を返すと、まずは湯のみの方に手を伸ばした。そっと口をつけ、香りを楽しみながらすする。すると、「あら」という声がした。

「そう言えば、私、澄江さんが緑茶を飲むところを初めて見たわ」

孝子さんは驚いたように目を見開いている。わたしは、ああ、とうなずいた。

「そうね、たしかにわたし、いつもコーヒーばかり飲んでいたものね」

自分の部屋で飲み物を淹れるときも必ずコーヒーだったし、孝子さんの部屋に遊びに行ってもコーヒーを頼んでいた。

――いつも、夫が隣にいたからだ。

わたしは苦笑を浮かべる。

「実はね、元々はわたし、コーヒーが苦手だったの」

「あら、そうだったの？　ごめんなさい、私ったら……」

孝子さんが申し訳なさそうにしたので、わたしは慌てて首を振った。

「違うの、今は好きなのよ。でも、夫と結婚する前はほとんど飲んだことがなかったから、何だか不思議だなと思って」

「ああ、そういうこと」

孝子さんはホッとしたように息を吐いた。

「やっぱり、何十年も連れ添っているとそういうことも起こるわよね」

彼女の視線に促されるようにしてふと仏壇を見ると、仏壇にもしっかりお茶と最中が供えられている。

「私も、今でも焼き魚を食べるときは尻尾から食べちゃうのよ。夫と一匹を分け合うときには、いつもそうしてきたから」

「ああ、わかるわ」

「そういう習慣ってなかなか抜けないのよね。一番風呂は家長である父親が入るもの、とか、家長が食べ始めるまでは家人は箸をつけてはならない、とか」

「そうね、今の人は夫より先に夕飯を済ませて寝ちゃうなんてこともあるらしいけど」

「私たちの時代にはありえないことだったわよね」

孝子さんは共犯めいた口調で言って含み笑う。

わたしは「本当に」と相槌を打ちながら、まだ朝子が三歳になったばかりの頃、夫の実家に三人の子どもを連れて帰ったときのことを思い出していた。

朝子がかなりしゃべれるようになったことを知ると、義父は訊いた。

『朝子、この中で誰が一番好きなんだ』

わたしはそのとき台所でネギを刻んでいて、あ、と思ったときには遅かった。

『おかあさん！』

朝子が答えた途端、場の空気が固まった。

「好きな順番に言え」と言われても、本当に好きな順番に言ってはいけない、というのは、夫の実家では不文律のようなものだった。「一番目はおじいちゃん、次におばあちゃん、おじさん、おばさん、お父さん……ときて、最後にお母さん」――つまり答えるべきは「この中で偉い順」ということだ。

最初にその「恒例行事」について義姉《あね》から聞かされたときは驚いた。夫の家がいわゆる旧家と言われる家柄であり、序列にこだわるということは承知していたものの、夫自身はかなりリベラルなものの考え方をする人だったからだ。子どもが答え方に失敗するとしばらく嫌味を言われるから気をつけた方がいい、という義姉の忠告がなければ同じ轍《てつ》を踏んでいた可能性が高いが、義姉のおかげでわたしはあらかじめ上の二人には模範解答を教え込むことができたのだった。

だが、朝子にはまだ教えていなかった。この質問を投げかけられるのは今までの経験上四歳を過ぎてからだったし、三歳の朝子には思った通りに答えてはいけないということがまだ理解できないだろうと思っていたのだ。

沈黙を破ったのは義母だった。

『このくらいの歳だと、やっぱり女の人がいいわよね。朝子ちゃん、次は誰が好きなの?』

『おとうさん!』

『あら……上のお兄ちゃんたちは、ちゃんと言えたのにねえ』

義母は明らかに気分を害したようにつぶやき、義父が『母親が甘やかすからだな』と苦々しく言い添えた。

そんなバカな、と思ったものの、異議を唱えられるはずもない。自分がきちんと教えていなかったせいで、朝子が「かわいくない孫」だと思われてしまった。こんな踏み絵のような質問に上手く答えられなかっただけで——足元から小さな震えが上がってきて、包丁を握ったままの手までもが震えた。

朝子は何が起こっているのかわからないようにきょとんと首を傾げていた。やがて、周りが喜んでいないということに気づいたのか、少しずつ顔が不安に歪んでいく。それでもわたしは動けなかった。ここで駆けつけて抱きしめたりしたら、きっと「やっぱり甘やかしてるんだな」という話になってしまう。「そりゃあお母さんがいいわよね」と。

だが、夫は白々とした空気を打ち消す勢いで笑った。

『朝子は正直者だなあ！』

その声があまりにあっけらかんとしていたせいで、淀《よど》んだ空気が払われたようだった。夫は曇りのない笑顔で続けた。

『俺も本当のこと言えばよかったなあ、本当はお父さんとお母さんが一番好きなんだって』

夫も幼い頃、同じ洗礼を受けてきたのだろう。そして夫の言葉で、義母も思い出したようだった。自分もまた、苦い思いを飲み込みながら息子に序列を教えてきたことを。

わたしはまつげを伏せ、湯のみを握りしめる。記憶を再び沈み込ませるために緑茶を飲み下すと、孝子さんが目を細めて唇を開いた。

「私もね、実は蛾《が》が苦手じゃなかったの」

「ガ？　って虫の？」

思わぬ単語に声が裏返る。孝子さんはゆったりとうなずいた。

「ええ、虫。田舎育ちだったから少しくらい大きな蛾が出てもどうってことなかったんだけど、結婚したばかりの頃に家の中に入ってきたのを見て、あら、蛾、とつぶやいたら夫が飛んできて退治してくれたの」

ふふ、と孝子さんは少女のような笑みを漏らす。

「女っていうのは虫一つで大騒ぎするからなって言った夫の顔がどこか嬉しそうだったからね、そういうことにしておいたの。それ以来、蛾が出たら、あなたお願いって言うようになったんだけど、そうするうちに本当に蛾が苦手になってきてしまって」

孝子さんが、そこまで言った瞬間だった。

コン、コン――響いたノックの音に、肩がびくりと跳ねた。

『とにかく、荷物だって取りに行かないといけないし一度部屋に戻って……』

篤典さんの言葉が蘇る。もし、今ここに麻実子さんが戻ってきたら。わたしはハッとした。麻実子さんは自分の前では食べようとしなかったものを、他の人と一緒なら食べるのだと知ってしまうことになる。どちらにしろ食べてくれるなら嬉しいと思うのか、それとも――

孝子さんは、扉に向かって軽やかな声で「はい、どうぞ」と呼びかけながら席を立った。

一拍置いて、扉が開かれる。

「悪い、ここに鞄忘れなかったか」

「ああ、よかった。あんたったら忘れて帰っちゃったからどうしようかと思ってたところだったのよ」

孝子さんはソファへと回り、茶色い革のセカンドバッグを持ち上げた。

よかった、息子さんの方か——そう思って扉を見やったところで、扉の向こうに立っていた麻実子さんと目が合う。その視線が、テーブルの上に置かれた食べかけの最中に移った。

まずい、と思ったときにはもう遅い。

「……お義母さん」

かすれた声が、麻実子さんの口から漏れた。

まず浮かび上がってきたのは、後悔だった。

わたしは孝子さんと麻実子さんの間にわだかまりがあることを知りながら、仲を取り持つようなことは何一つしなかった。孝子さんから気持ちを聞いて麻実子さんに伝えれば、麻実子さんは孝子さんに言うべき言葉が見つかったかもしれないし、麻実子さんがここまで気に病んでいることを孝子さんに伝えれば、孝子さんも気持ちが変わったかもしれないのに。

孝子さんには話さないと約束したから、というのは言い訳でしかない。わたしは認めざるを得なかった。

——わたしは、どこかで孝子さんがうらやましかったんじゃないか。

実の息子からだけでなく、義理の娘からも慕われて、機嫌を損ねてしまったかもしれないというだけで好物を持って遊びに来てもらえる彼女が。

孝子さんを心配する気持ちも嘘ではないはずだった。けれど同時に、たしかに自分の中には

もう一つの感情が存在していた。そのことに、わたしは打ちのめされる。七十代にもなって
──わたしは、いくつになっても変わらない。

「……やっぱり、私の前で食べてくれなかっただけなんですね」

「麻実ちゃん？」

「おい、麻実子、やめろ」

　事態に気づいた篤典さんが、慌てて孝子さんと麻実子さんの間に割って入る。だが、麻実子さんは孝子さんを真っ直ぐに見据えて続けた。

「お葬式のこと……わかったわ、それなら仕方ないわねって言ってくれたじゃないですか。なのに、どうして許してくれないんですか」

　目尻に赤みが差していく。麻実子さんは耐えかねたようにまつげを伏せた。

「本当はまだ怒ってるなら、こんなことしないで直接言ってほしかった」

「こんなことって……私は別に」

「なら、どうして私の手土産を食べてくれないんですか」

「それは……」

　孝子さんの視線が宙で揺れる。

　沈黙が落ちた。

　わたしは席を立つこともできず、ただ両手で湯のみを握って身を縮める。

──ねえ、あなた。わたしはどうしたらいいのかしら。

心の中で夫に呼びかけ、ずっとそうやって生きてきたのだ、と思い知る。困ったら夫を頼る。迷ったら夫に従う。家を買うときも、朝子が散骨をしたいと言い出したときも、老人ホームへの入居を決めるときも、いつだって最終的には夫が判断してくれた。だから不満を抱くことはあっても後悔を抱えることはなかったのだと。

ふいに年明けに夫と交わしたやり取りが思い出された。

『ねえ、あなた。これ、本当だったらどうします？』

わたしが指さしたのは、テレビでやっていた「ノストラダムスの大予言」についての特集番組だった。そう言えば、夫はこういった漠然とした不安はどう解消するのだろうと疑問に思ったのだ。夫は、『本当だったらいいよなあ』とつぶやいた。

『みんな一緒に死ねるなら、こんなに幸せなことはないだろ』

この人はわたしがいないとダメなんじゃないか、と思えたのは、五十年近く添い遂げてきて初めてのことだったかもしれない。わたしは心が温かくなるのを感じながら答えた。

『じゃあ、本当に地球が滅亡したらいいですねえ』

けれど、結局夫は七月を待たずに死んでしまい、七月には何も起こらなかった。

夫にとっては、幸せなことだったのだろうと思ってきた。苦しむこともほとんどなかったし、連れ合いに先立たれるという事態にもならなかったのだからと。

だけど——本当にそうだったのだろうか。

この人にはわたしがいないとダメだなんて、聞いて呆れる。本当は、夫がいないとダメなのはわたしの方だったんじゃないか。

立ち尽くした孝子さんへ目を向ける。孝子さんは、救いを求めるように仏壇を見ていた。彼女もまた、夫を頼りにして生きてきたのだろう。何十年もの間、寄り添ってきたのだ。先立たれてしまったからといって、すぐに家庭を築く前の生き方に戻せるはずがない。

――だって、そんなに昔のことは忘れてしまった。

夫と出会う前より、出会ってからの方が遥かに長いのだから。

わたしは困惑をあらわにした孝子さんの横顔を、じっと見つめる。だが、孝子さんはハッと我に返ったように仏壇から顔を背けた。その不可解な動きに違和感を覚える。

何だろう、まるで自分をたしなめるような――

そう思った瞬間だった。

強い光が射し込むように思考が晴れていくのを感じる。絡まっていた糸がするすると解け、電流を通したように真っ直ぐに伸びるのがわかった。

『目の前で私と主人が食べているのに、義母は手を伸ばそうともしてくれませんでした。今までは、そんなことなかったのに』

『お義母さんはいつも嬉しそうに仏壇にお供えして、すぐに美味しいって言って食べてくれて……』

麻実子さんが口にした二つの言葉が浮かび上がる。

そして、孝子さんの『習慣ってなかなか抜けないのよね。一番風呂は家長である父親が入るもの、とか、家長が食べ始めるまでは家人は箸をつけてはならない、とか』という言葉。なぜ、以前は喜んですぐに食べていた孝子さんが、麻実子さんの前で手土産を食べようとしなくなったのか。

麻実子さんは孝子さんのことを心から慕っていたし、孝子さんだってかわいがっていたはずだ。だからこそ、「身内だけで」と線引きされたことに傷ついたのだろうと、そう思ってきた

——だけど。

本当は、そんなことではなかったんじゃないか。

わたしは、そっと口を開いた。

「ただ、旦那さんに先に食べてもらいたかったんじゃないかしら」

麻実子さんが息を呑む音が響く。

「旦那さんって……お義父《とう》さん？」

「ごめんなさい、麻実子さん。やっぱり話してしまっていい？」

麻実子さんは「え」と声を漏らしたが、その前の言葉が消化しきれていないのか、おろおろとわたしと孝子さんを見比べるだけで答えない。わたしは数秒待ってから続けた。

「実はね、さっき麻実子さんから無理やり話を聞き出してしまったの。孝子さんが手土産を食べてくれない、怒っているのかもしれないって心配していて……わたしも、孝子さんが何を考えているのかわからなかったから、何も言うことができなかった」

たった今孝子さんが目を逸らしたばかりの仏壇へと顔を向ける。そこには、湯のみと最中の

皿が並んで置いてあった。

「考えてみれば、孝子さんはいつもまず仏壇にお供えしていたのよね。家長が食べ始めるまでは家人は箸をつけてはならない、というのと同じように」

わたしは孝子さんへと視線を動かす。

「だけど、孝子さんはお葬式の件で麻実子さんが別の宗教の信者であることを改めて思い出した。それと同時に、信者以外の人間を儀式には参加させないというほど厳格な宗教だったことを知って……麻実子さんの目の前で仏壇にお供えするのが憚《はばか》られた――孝子さん、そうじゃない？」

孝子さんは困ったように眉尻を下げ、顔を伏せた。その様子を見てからわたしは続ける。

「捨てたっていうのも、わざとじゃないんでしょう？　仏壇にお供えして、後でお下がりをいただこうと思っていたけれど、お盆だからいつもより長めにお供えしていて……その間にこの湿気で黴が生えてしまって捨てざるを得なくなってしまった」

「あ」

麻実子さんの目が大きく見開かれた。

――それだけのことだったのだ。

孝子さんは、麻実子さんに対して悪意を持っていたわけではない。ただ、別の宗教を信じる彼女を尊重しようとしただけ。

身体から力が抜けていくのを感じた。

どうして信じることができなかったのだろう。

『たとえ何か孝子さんがひどいことをしたんだとしても、彼女は理由もなくそんなことをするような人じゃないと思うのよ』

そう口にしたのは自分だったはずだ。

『そうね、今の人は夫より先に夕飯を済ませて寝ちゃうなんてこともあるらしいけど』

『私たちの時代にはありえないことだったわよね』

孝子さんと同じ時代を生き、夫を立てるという価値観を持ってきた自分なら、もっと早くに気づけたはずだったのに。

「お義母さん、ごめんなさい、私、勝手に勘違いをしてしまって……」

「私こそ、誤解を招くようなことをしてごめんなさいね」

おずおずと、けれど真っ直ぐに言葉を交わし合う麻実子さんと孝子さんの声が、妙に晴れ晴れと響く。

わたしは、そっと音を立てないように席を立った。

そのまま、傍らで立ち尽くしている篤典さんの脇をすり抜けて部屋を出て行く。足が重くて、思うように動かなかった。カーペットを踏みしめる感触がふわふわと頼りなく、現実感がない。

——もしも、わたしが孝子さんだったら。

浮かびかけた思いに愕然とする。

もしも、朝子が散骨の話をしてきたとき、夫に賛成していれば。もしも、老人ホームになんて入らなければ。もしも、夫が先に死んだりしなければ。もしも、もしも、もしも。

――わたしはいつも、もしも、ばかりだ。

気がつけば、ロビーカウンターの前にいた。力なく目を掲示板へと向ける。貼られたポスターには〈日光紅葉バスツアー〉という文字があった。

華厳《けごん》の滝の紅葉を楽しんだ後に日光東照宮を観光するというそのツアーは、去年は定員オーバーで参加できなかったものだ。夫は、今さら日光って修学旅行でもないしな、と憎まれ口を叩いていたが本当は行きたかったのは明白で、だから今年は真っ先に予約をしようと思っていた。直前になって知らせて驚かせようと決めていたのに、と思うと、自分一人でも参加するというのはどうにも気が進まなかった。

――だけど、もう、あの人はいない。

いくら、もしもと考えたって、夫が戻ってきてくれるわけはないのだ。

「澄江さん」

背後から聞こえた声に振り返る。そこには、微かに息を切らせた孝子さんが立っていた。

「よかった、お礼を言わなきゃと思ったのに、気づいたらいないんだもの」

孝子さんは胸に手を当てて息を整えている。

「ありがとう、澄江さんのおかげで誤解が解けたわ」

わたしは声を出すことができなかった。代わりに、小さく首を横に振る。孝子さんは眩しそうに目を細めた。

「澄江さんといると、何だか落ち着くのよ。世界が開けていく気がする」

「そんな、買いかぶりよ」

わたしは視線を伏せて口元に苦笑を浮かべる。謙遜ではなく本心だった。だが、孝子さんは「いいえ」とはっきりと否定した。

「私、ここに来て本当によかったと思ってるの。歳をとると、どうしても世界が閉じていってしまうところがあるじゃない？　親しい人が亡くなって、できることが少なくなって、内に内にこもっていってしまう。焦って旅行に行ってみたり新しく趣味を探してみたりしたけれど、疲れるばかりで寂しさはなくならなかった」

彼女の言うことは、とてもよくわかる気がした。

「澄江さんの旦那さんから言われたの。たぶん、うちの女房と気が合うと思うんだって。本当にそうだったわ」

夫は、こうなることを予想していたのかもしれない。

先立たれるのが不安だ、不安だ、と言いながら、本心では、わたしを残して死ぬかもしれないことを、心配していたのかもしれない。

『おまえも少しは働きに出してやればよかったなあ』

夫は、わたしの人間関係が閉じていくことを自分のせいだと思っていた。だからこそ、子どもたちにばかり執着しているわたしに、何とか新しい世界を切り開かせようとしていたんじゃないか。

『俺は、おまえがいなくなった後にあいつらが来てくれるのだけを待っているようになるのが嫌なんだよ』

あれはきっと、わたしに向けたメッセージでもあったのだ。

孝子さんはゆったりとポスターに向き直った。

「これ、澄江さんも参加するの？」

「まだ……どうしようかなと思っていただけで」

「あら、行きましょうよ」

孝子さんはわたしの手を取ると、子どものようにあどけなく頬をほころばせた。

「澄江さんも行くなら楽しくなりそう」

＊

細かな泡が弾ける柔らかな音に、目を閉じて力一杯息を吸い込む。香ばしい空気が鼻孔をくすぐり、自然と笑みがこぼれた。
ピ、という短い電子音が部屋の隅で鳴る。顔を向けるのと、本格的に着信音が響き始めるのが同時だった。
ピリリリリ、ピリリリリ、とけたたましく続く甲高い音に、

「あらあら、うるさいわねえ」

わたしはひとりごちながら駆け寄っていく。半年ほど前、長男から無理やり押しつけられた携帯電話だ。

『母さん、お願いだから持っててよ。もう若くないんだからな。どこかで倒れたら困るだろ』

息子がそんなことを言い出したのは、数年前からわたしがたびたび旅行に行くようになったからだ。初めは『おふくろが明るくなってよかった』と喜んでいた息子も、次第に『無事に帰ってきたら連絡入れるようにしてくれよ』と騒ぐようになった。

わたしはすっかり老眼が進んだ目をすがめて携帯のディスプレイを見る。〈朝子〉という文字に少しだけ背筋が伸びた。

「はい、もしもし」

『あ、お母さん？　今どこ？』

「……あんたたち、いつもそれを訊くわね」

『だって、お母さん最近ほとんど部屋にいないじゃない』

朝子は苦笑交じりに言う。

『で、今どこにいるの？』

「どこって、部屋よ」

『へえ、珍しい』

朝子が声のトーンを上げた。

『じゃあ、今から遊びに行っていい？　賢吾もね、今日は珍しく家にいるのよ』

賢吾、という響きに胸が温かくなる。けれどわたしは答えた。

「今から？　今日はこれから買い物に行こうと思ってたんだけど」

『買い物なんてまた別の日にすればいいじゃない』

朝子が拗《す》ねたような声を出す。

『どうしても今日買いたいものがあるならつき合うし』

「でも、もう約束しちゃったのよ」

『誰と？　また孝子さん？』

「また孝子さんって、あんた……」

『ほんと、お母さん、孝子さんと仲いいよね』

ため息を吐く音が携帯から聞こえた。その呆れたような声音に、少しだけひやりとする。だが、朝子はつぶやくように言った。

『お母さん、何かいいよね』

「どうしたの、いきなり」

『いい歳のとり方してる感じ。かっこいいし、何だか励まされる』

その瞬間、数年前に孝子さんから投げかけられた質問が蘇った。

澄江さんは、ずっと子どもでいるのと、ずっと大人でいるの、どっちがいい？——あのとき、自分は子どもになりたいと答えたはずだ。大人でいたいと答えたら、今子どもであるその子を否定することになるような気がすると、そう考えていたからだ。

だけど、とわたしは、ふいにこみ上げてくる何かに天井を仰ぐ。

――これこそが、これから自分が子どもたちにしてあげられる一番のことなのかもしれない。

歳をとることはそれほど悪いことではないと伝え続ける――大丈夫、いくつになっても楽しいことはたくさんあるし、つらいこともいつかはちゃんと過去になってきっと楽になる日が来る。そう身をもって示すことこそが、自分が子どもたちにあげられる最後のプレゼントなのかもしれない、と。

声が震えてしまわないよう、お腹に力を込める。母親として正しい言葉ではないかもしれない。だけど今、娘に伝えたいことはこれだけな気がした。

「ねえ、朝子。お母さんは今が一番幸せよ。お母さんはお母さんで好きに楽しんでるから、朝子は自分の人生を楽しんでいいの」

言葉にした瞬間、喉のつかえが、ふっと消えてなくなるのがわかった。

解説

大矢博子

二〇一二年のデビュー以来、年一冊のペースで新刊を発表。二〇一五年にはデビュー作『罪の余白』（KADOKAWA）が映画化、二〇一六年には短編集『許されようとは思いません』（新潮社）が年末の各誌ランキングで上位入りし吉川英治文学新人賞の候補に選ばれるなど、芦沢央は一歩一歩着実に評価を固めてきた。

本書『今だけのあの子』は著者の三冊目の単行本であり、初の短編集となった一冊だ。収録されているのは全五話、共通するテーマは「女の友情」である。

……と書くと、先入観を持たれてしまうだろうか。

「男の友情」という言葉からは、戦場で背中を預けあうだとか殴り合いの後で親友になるだとかの、前向きで爽やかな絆《きずな》という印象を受ける。翻《ひるがえ》って「女の友情」は、ネガティブに捉《とら》えられることも多い。脆《もろ》い、長続きしない、恋愛が入ると後回しにされる……そんなイメージ。「女の友情」をモチーフにした作品集と聞けば、「どろどろした話？」と思ってしまう人も少なくないだろう。

実際に「女の友情」が脆いかどうかはさておき、長続きしないという見方には蓋然性《がいぜん》がないわけでもない。大人になってからの女性のつきあいは、既婚か未婚か、子持ちか子なしかで固まる機会がどうしても多くなるからだ。たとえば、結婚（とそれに伴う引越しや退職）を機に、職場や学生時代の仲良しグループと疎遠になるというのはよくある話。また、子どもが生まれれば保育園や学校など、子どもを介した母親同士の新たなつきあいが否応《いやおう》なく生まれる。現状、男性より女性の方が、結婚や出産で環境が大きく変わってしまうのは否めない。それが友情を長続きさせない一因だろう。

ではやっぱり「女の友情」なんて幻想なのだろうか？　いやいや、そんなことはない。長続きしない「今だけの」友情だって、友情に変わりはない。逆に「今だけ」だからこそ見えてくるものがある。

『今だけのあの子』は、「女の友情」への思い込みを逆手に取って、実はなかなか奥の深い「今だけの」友情を描いたミステリなのである。それぞれ独立した短編だが、実はゆるくつながってもいるので、そのあたりも確かめながら一編ずつ見ていこう。

なお、ミステリとして肝心な部分のネタばらしは避けたが、テーマを明確にするため各編の結末に触れた箇所がある。いっさいの前情報を入れたくないという方は、以降は本編読了後にお読みいただきたい。

「届かない招待状」

グループの中でいちばん仲がいいと思っていた彩音から、恵にだけ結婚式の招待状が届かなかった。他の仲間にそれを言い出せず、恵は呼ばれてもいない式に出ようとしている。なぜなら、彩音が恵を結婚式に呼びたくない心当たりがひとつだけあったから……。

今更こんなことを書いても仕方ないのだが、本編は「女の友情ってどろどろしてそう」という印象をお持ちのままで読んでほしい作品だ。ひとりだけ結婚式に呼ばない、という考えうる限り最も陰湿な出来事が、終盤で見事に反転する快感とカタルシス。そしてそのあとに襲ってくる感動は絶品である。

「帰らない理由」

交通事故で亡くなった中学生・くるみの部屋を訪れた同級生ふたり。ひとりは二週間前からの「恋人」須山、もうひとりは二週間と一日前に仲違《なかたが》いした「親友」桐子だ。そのふたりに、くるみの母親は娘の日記を見せようとする。須山は、日記に対してどこかそわそわしている桐子の態度に不審を覚えて……。

日記に書かれていることが気になる須山と、断じて読むべきではないと主張する桐子。それぞれの思いが単なる恋愛・友情故ではないことをなんとなく読者にほのめかしながら、物語は緊迫感を持って進む。事態の真相には膝を打つが、話はそこで終わらない。探偵役こそが最大の隠し事を秘めていたという虚《むな》しさが、本編の読みどころだ。

なお、本編の舞台は一九八八年。この年に起きたくるみの交通事故は、時を経て「届かない招待状」へとつながることになる。

「答えない子ども」

娘をきちんと育てている自負を持つ直香は、娘の絵の教室で一緒になる「ソウくんママ」のズボラさを軽蔑していた。ある日、ソウくん宅に寄って帰宅したあとで、娘の絵がなくなっていることに気づく。状況からソウくんが盗《と》ったとしか思えず……。

読者には、直香がかなり独りよがりな過保護な母親であることはすぐにわかる。こういった「実は当人だけが気づいていない歪《ゆが》み」が丁寧に描かれているからこそ、真相がわかって頑《かたく》なな心がほどけていく場面の感動が増すのである。特にラストで、それまで「ソウくんママ」でしかなかった相手を、名前を持つ個人であると認識する場面が秀逸。ふたりの友情はここから始まるのだ。

本編と他の作品のつながりは、少々わかりにくいかもしれない。だが、最後に判明する直香の苗字と、直香の夫の名前が「雅之」であることに気づけば、「帰らない理由」とのリンクが見えてくるだろう。あの少年がこんなにいい夫になっているとは！　なんだかとても嬉しい。

「願わない少女」

物語の冒頭は、奈央が悠子を部室に監禁する場面だ。何が起きているのか読者にはわからない。そこから時間を遡り、ふたりの出会いが描かれる。中学で知り合った漫画家志望の同級生・悠子。彼女と友だちでいたいばかりに、思わず自分も漫画家を目指していると嘘をついた奈央。嘘だとばれないよう、マイナーな昔の漫画を模写して、さも自分の作品のように見せかけることにした……。

ここに描かれているのは、十代の少女にありがちな同性の友だちへの依存と独占欲だ。奈央の歪んだ見栄がどこで破綻するのか、それが冒頭の場面にどうつながるのか、読者の興味はそこに集中する。予想を超える展開と細やかな騙《だま》しが共存した異色作だ。

特に「騙し」の方は、決め手となる一文を見たとき、えっ？ と思わず声が出た。そしてそのとき初めて、普通なら小説に大抵あるはずのものが、この話の一部にはないことに気づいたのである。こんなところから仕掛けられていたとは！

ちなみに本編に登場する漫画は、「帰らない理由」で桐子が読んでいたもの。時系列としては、こちらの方が「帰らない理由」より前になる。

「正しくない言葉」

老人ホームで暮らす澄江は、隣室の入居者・孝子のもとに家族が頻繁に訪れることを羨ましく思っていた。ところがある日、孝子に対しての不満を、嫁の麻実子が夫にぶつけているところを目撃する。麻実子の話を聞いた澄江は、あることに気づいた……。

その世代ならではの考え方を巧《うま》く伏線に使った、実に鮮やかなミステリである。澄江を探偵役にした老人ホームミステリのシリーズを書いてほしいくらいだ。と同時に本編は、家族の方ばかり向いていた老女が、老人ホームで「新しい友だちができるまで」の物語でもある。なお、澄江は「くるみ」という孫娘を交通事故で失っている。「帰らない理由」で娘を失った母親が精神の均衡を欠いていた様子を思い出して本編を読むと、いっそう心に染みるだろう。

ざっと見てきたが、ここに描かれているのは確かに「今だけの」友情である。「届かない招待状」の恵と彩音は友情を再確認できたとはいえ、家庭を持てばこれまでのように会ったりはできなくなるだろう。「帰らない理由」のくるみと桐子は、仲直りしないままくるみが死んでしまう。「答えない子ども」のふたりは、ママ友としてではない友情が今後育まれたとしても、子どもの進路によってはまた時間的・物理的に疎遠になるかもしれない。「願わない少女」の奈央と悠子の人生がこの先クロスすることもなさそうだ。

では、このように長続きしない友情は、ダメなのだろうか？　答えは、否、だ。

たとえ時間は短くても、そこには確かに支え合い、分かち合い、思い合った事実がある。彩音の捨て身の友情に涙した恵がいる。ソウくんママのおかげで過ちに気づけた直香がいる。中学時代に悠子と一緒に頑張ったからこそ後の奈央がいる。女性だけではない。「答えない理由」の雅之がいい夫なのは、中学時代に思い込みが覆された苦い経験があるから……と思うのは穿《うが》ち過ぎだろうか？

その体験は、その記憶は、環境がどう変わろうが自分の中に残る。「今だけの」友情の積み重ねが、その人を作っていくのだ。

老人ホームで新たな友だちができる「正しくない言葉」が最後に配置されている意味を汲《く》み取りたい。卒業で、結婚で、出産で、女性の交友関係は好むと好まざるとにかかわらず、目まぐるしく変わる。だがそれは、次々と新たな出会い、新たな友情に恵まれるということでもあるのだ。

最後に「正しくない言葉」を読んだとき、多分に勝手な妄想ではあるが、恵と彩音、直香とソウくんママ、奈央と悠子は、仕事や家庭での役目を終えた後、再び同世代の親友として友情を再スタートできるのでは……という期待すら抱いてしまった。そんな想像をしてしまうほど、本書の「今だけの」友情は魅力的なのである。

ここで注目していただきたいのが、収録作すべてに共通する構造だ。物語はどれも思い込みや見栄や嘘などに端を発した陰湿な設定で始まり、終盤、それがひっくり返る。イヤミスだと思って読んでいたら、最後にはすべてが浄化され、思わぬ「いい話」へと変貌を遂げるのが本書を貫く特徴だ。

イヤミスだと思っていたらいい話だったという反転は、ネガティブなイメージで語られる「女の友情」が実はポジティブだったという反転に通じる。芦沢央はそこまで計算し、構成しているのである。

「今だけの」女の友情、悪くない。「今だけの」とは、その時にしか生まれない友情という意味ではなく、その時だからこそ生まれた友情、なのだから。

本書は二〇一四年、小社より刊行された作品の文庫版です。

検印
廃止

著者紹介　1984年東京都生まれ。千葉大学卒。2012年『罪の余白』で第3回野性時代フロンティア文学賞を受賞してデビュー。23年『夜の道標』で第76回日本推理作家協会賞を受賞。他の著書に『火のないところに煙は』『カインは言わなかった』『汚れた手をそこで拭かない』『神の悪手』などがある。

今だけのあの子

2017年4月14日　初版
2023年7月28日　12版

著者　芦《あし》沢《ざわ》　央《よう》

発行所　（株）東京創元社
代表者　渋谷健太郎

162-0814/東京都新宿区新小川町1-5
電話　03・3268・8231-営業部
　　　03・3268・8204-編集部
URL　http://www.tsogen.co.jp
振替　00160—9—1565
モリモト印刷・本間製本

ISBN978-4-488-47411-9　C0193